しく水神の社の上通り黒田家の邸園は今も松の列樹あるを

其旧跡なりとや

宿坂関之旧跡　同北の方金乘院といふ密宗の寺前を四谷町此

方へ上る坂口をいふ　同一寺の裏門の辺は総の平地あり土人ら

てそこを八立丁　此地八昔の奥州街道からしく平頃関

胚胎奇譚

山白朝子

木花開耶姫社　同所小坂の中段まり　土俗八共衛稲荷或八網耶姫稲荷

此坂を清玄坂と呼ふ技もとに小冨士浅間宮の総神八木花開耶姫命すれ八浅間

坂とのひ謬らせ

當社の額木花開耶姫命の六字八水戸黄門光國郷の親筆

なり今別當金乘院に傳ふ

藤杜稲荷社　同所岡の根に傍らにあり又東山稲荷とも稱せり

あらさありとく顧参詣の徒多く落合村の菜王院奉祀

高詹燦　譯

導讀——

重溫怪談的魅力

文／【日本文學評論家】銀色快手

時序進入九月，遠離秋老虎肆虐的白晝，特愛這清涼的夜晚，跟隨著文字的腳蹤漫遊，山白朝子的《胚胎奇譚》今夜將伴我入眠。

和泉蠟庵與耳彥——天生一對的旅伴

這是描述不可思議旅程的九則怪談連作，有著濃厚的地方風情，以及時代小說慣有的筆調，述說那個已經離我們遙遠的昏昧年代，窮鄉僻壤的村夫農婦，彌漫著詭異而不確定的氛圍。故事主述者是一位專門負責扛行李的雜役耳彥，他是個平庸無奇，不肯好好工作，終日沉迷賭博的年輕人，因為積欠賭債，只好勉為其難接下這份差事，幫忙跑跑腿也順便周遊各地、增廣見聞。

耳彥的雇主和泉蠟庵是個奇人，最拿手的絕活就是迷路。簡單來說是個大路痴，明明是筆直的路，他就是有辦法繞個圈又走回原地。預定抵達的目的地，總要折騰個幾回才有辦法走到正確的路上，更神奇的是，他彷彿身懷任意門似的，走著走著一不小心就踏入無人知曉的祕境，好幾次遇上致命的危機，竟然也都能逢凶化吉，化險為夷。凡事都老神在在的淡定性格，讓疑神疑鬼又急性子的耳彥吃足了苦頭。就像一個擁有靈異體質的人看著麻瓜一副滿不在乎的神情，令人既好氣又好笑，更讓人不由得聯想起《搞笑漫畫日和》裡的河合曾良和松尾芭蕉，真是逗趣十足的天生一對。

承襲怪談書寫傳統、融合奇幻與冒險的新類型

記得小時候印象相當深刻的一部電影《六朝怪談》，敘述的是戰亂頻仍、民不聊生的年代所發生的鄉野奇談，黑暗中不明所以的殘虐情節，淒涼哀怨的情景，至今回想仍記憶猶新。反觀《胚胎奇譚》發生的時代背景，是日本全國統一後的承平時代，因為幹道修築完備，人民往來便利，民生逐漸富庶，到各地遊覽名勝成為人人欣羨的活動，旅遊書成了必備的工具書，那些沒錢去旅行的人，也需要這一類的讀物，滿足他們內心的好奇和想像，和泉蠟庵所寫的《道中旅鏡》就是當時的暢銷讀物，出版社也樂於贊助旅費讓作家盡情地外出取材，這九則怪談就是他們旅途上的所見所聞，讀來彷彿真有其事，虛實之間教人難以捉摸。比起京極夏彥筆調稍微要明亮一些，又比《蟲師》的畫面更寫實一些。

作者在受訪時，曾表示以前就很喜歡冒險奇幻故事以及公路電影，如果有機會的話務必要嘗試挑戰看看，試著用生動的文字重現那個早已被遺忘了的過去——疏離而淡漠的人們，以及被禁忌、迷信、野蠻暴力籠罩之下的傳統聚落。

在山白朝子的筆下，一個個彷若親身經歷過的真實故事，發散著令人難以自拔的魅惑力。像是脫離母親子宮的胚胎竟然能夠神奇地存活下來、死者聚集的溫泉地、在到處看起來都像是人臉的荒村吃著令人作嘔的人面魚、獵食人肉的山賊、不斷輪迴著同一世的少女……蠟庵所到之處幾乎不像是人間，有時是魔境、有時是地獄。

本書與明治、大正時期的浪漫派小說家泉鏡花的〈高野聖〉、〈眉隱靈〉等名作同樣有著一脈相承的幽怨情致，這樣的怪談書寫傳統到了動漫盛行的時代，更加發揚光大，注入更多視覺元素，讓文字在讀者的腦海清晰躍動：在〈不存在的橋〉中，你跟著書中人在濃霧裡看見一座早該消失的橋，橋上有溺死的亡靈向你招手，平凡的面容忽而變成惡鬼的模樣，要把你拖進地獄谷去。這時候的求生意志格外強烈，你決意拋開糾纏不休的老太婆，不願同她一起共赴黃泉。像這樣的幽靈橋，還是頭一回見識到，做為橋骨架的刎木巨幹深深插入山崖上的孔隙，畫面相當具有魄力，讀來令人為之震懾膽寒，冷汗直流。

借古喻今，溫故知新——直指衆生心中的地獄

這些旅途中遭遇的奇妙故事，不僅給予讀者意外和驚喜，其中也有值得深刻反思之處。像是〈無臉嶺〉的故事，就是顛覆了我們對於人生軌道的既定看法，假使所有的人都認定你像另一個人，他們指證歷歷，好似你原本的人生根本不曾存在過，慢慢地你會被影響，甚至洗腦，認為自己真的就是他們口中所說的那個人。這不就像是現代社會的某種隱喻嗎？因為社交網路，我們的行為模式、想法逐漸趨同，也逐漸抹殺了屬於自我的個性，那豈不是失去了足以辨識的輪廓？像「無臉男」一樣，失去自我主張和存在感，彷彿隨處可以找得到的樣板人物。就算像書中所說的，這個世界上總有一兩人和自己長得一模一樣，也沒有人會希望看見自己的分身出現在眼前，那既令人不舒服，更令人感覺自己似乎隨時都會被取代。

很喜歡耳彥這個角色，他雖然有許多人性上的弱點，卻真實無比。由他來口述一則又一則奇想天外的旅記再適合也不過了。他天性敏感的部分，跟鈍感的蠟庵形成有趣的對比。表面上看似吊兒郎當，但其實很重感情，像是在〈湯煙風波〉中，耳彥來到一處看得見死去親人的溫泉池泡湯，他總忍不住想要仔細看看那些熟悉的面孔，不自覺地想要湊近他們，愈游愈遠。幸虧兒時玩伴的提醒：「不要再靠近了，你陽壽未盡，快回去吧，這裡不是你該來的地方。」讀到這裡，眼眶有些濡濕，生離死別，總是人生必經的

風景，有時活著並不比死者幸福，如果是在脆弱、無助、憂煩、折磨中度過，還不如痛快地做個旅人，在外頭逍遙好過當個行屍走肉。

穿越灰黑的冷酷異境，作者在人性的刻劃上尤其用心，不時注入溫柔的力道，讓人在驚奇之餘，也重新溫習過去的社會中，被壓抑的情感和淳樸的人味。老愛迷路的橋段鋪陳貫穿所有的短篇，每讀一段不免叫人噴笑出來。我已迫不及待想看續集了，光是這本小說，就足以消磨整個夜晚，如果你心中也有地獄，我相信《胚胎奇譚》裡的故事，絕對會讓你流連忘返，不知自己身在何處。

目錄

導讀——重溫怪談的魅力／【日本文學評論家】銀色快手〔三〕
胚胎奇譚〔一一〕
青金石幻想〔三五〕
湯煙風波〔七一〕
絞〔一〇一〕
不存在的橋〔一二三〕
無臉嶺〔一五一〕
地獄〔一八五〕
不可以撿梳子〔二一三〕
「來，我們走吧」少年說〔二三五〕

胚胎奇譚

平民百姓到各地寺院參拜、泡湯療養，是最近才興起的風潮。以往沒有供旅行用的幹道，就只有窄細的小路斷斷續續分散於各地。這是因為兵戈擾攘，鄰近的國家之間戰事頻仍。在這種狀況下，整頓道路就如同是自取滅亡。因為一旦整頓好道路，便容易引來敵國入侵。

待全國統一後，幹道的整頓便興盛了起來。為了從中央向各地發號施令，需要便於快馬奔馳的道路，以及可供馬兒休息的宿場[1]。各國之間以大型幹道相連，並在路上設置「一里塚[2]」，以做為量測距離的基準，並於各地設置宿場町。

漸漸地，人們開始往來頻繁。在幹道上通行的，不再只限於身上攜帶公文的官差。時局安靖，農民和町民的生活蒸蒸日上，利用幹道遠行的人們與日俱增。他們一生僅此一次的心願，便是能前往知名的神宮參拜。乘參拜之便，順道遊覽各地名勝、看戲、泡湯療養，這也是目的之一。耗時數月，徒步走遍各地，欣賞只有聽聞、未曾親見的大海和寺院，享受難得的珍饈。

因為這個緣故，「道中記」、「巡覽記」、「名勝記」這類的書籍大為暢銷。書中有關於旅途中的驛站、距離、運費、關隘、名勝古蹟等說明，有些還會提及與宿場老闆的應對方式。會看這種書的人，大多是不曾外出旅行的門外漢，所以必須描述得詳細周到才行。這些書做成小冊子或折疊書的型式，方便攜帶。人們把書收在懷中，在旅途中細看。

有位名叫和泉蠟庵的男子，寫有一本名為《道中旅鏡》的折疊書，發了一筆小財。此人身材清瘦，年齡不詳。像女人一樣，留著一頭長髮而不梳成髮髻。像他這種打扮的男人絕無僅有，所以在町裡特別引人側目。附帶一提，和泉蠟庵這名字，是他寫書所用的筆名，他似乎另有本名，但不管我再怎麼問，他就是不肯透露。

和他聊過天，見了幾次面後，他問我從事什麼工作。

「我目前待業中。」

「那麼，我這次要出門旅行，你願意陪我一塊兒去嗎？」

原本要與他同行的人突然跑了，所以他正在找一位可以幫忙扛行李的男性隨從。

「幹道上有土匪和扒手，山路上則有可怕的野獸。不過，要是兩個大男人同行，應

1. 譯註：相當中國傳統的驛站。
2. 譯註：古代標示道路里程的土塚。每隔一里（三點九二七公里）於道路旁設置一塚，一里塚上通常植有槐樹，可供乘涼休憩之用。

該可以壯膽不少。」

旅途的費用全由出版商負擔，若能平安歸來，便會支付酬勞。所謂的出版商，是委託和泉蠟庵執筆的商人。出版商請他出外旅行，撰寫全新的遊記。正為找工作發愁的我，自然很樂意接受他的邀約。

然而，我的判斷錯誤。與和泉蠟庵展開幾趟旅程後，我才曉悟此事。之前他那名隨從為什麼會跑掉呢？當初真應該把這件事問清楚。

酬勞完全沒問題。我對和泉蠟庵的個性也沒有不滿。非但如此，我甚至很欣賞他的脾氣。在旅途中，不管是因為文化差異而遭受別人何種不禮貌的對待，或是面對再怎麼難以下嚥的飯菜，他都不會顯現一絲不滿。

然而，和他一起旅行並不快樂。原因之一，就是他旅行的目的地，全都是不確定是否真的存在的場所。

他旅行的目的既不是上寺院參拜，也不是泡湯療養。乃是為了寫遊記而前往就地取材。然而，知名溫泉和名勝古蹟在其他書中都已介紹遍了。於是和泉蠟庵和出版商專門找尋每本遊記都沒記載過的觀光地。要是能介紹一些尚未出名，而且擁有卓越功效的溫泉，或是值得一看的神社寺院，出書後一定能大賣，這就是他們打的算盤。

只要他從旁人那裡聽聞哪裡有無名溫泉，便親自前往查看。一聽聞哪座山對面有宏偉的寺院，便前往一探究竟。這就是和泉蠟庵所展開的旅行。

但實際上，他根本從沒找到過這些地方。至少就我與他隨行的這幾趟旅程來看，根本就沒找到那些傳聞中的溫泉地。我們所到之地，就只有冷清的村落，連旅店也沒有，我們只能裹在稻草中抵禦寒氣，以此湊合著睡。這麼一來，會對旅行感到氣餒，也是無可奈何的事。

之所以無法繼續和他一起旅行，還有另外一個原因。那就是和泉蠟庵很會迷路。他確實常在各地旅遊，就像知道某種走路的竅門，怎麼走都不會累似的，走一整天的路依舊活力充沛。但他幾乎每次都會走錯路。明明是連三歲孩童都走得到的筆直道路，但不知為何，只要由他帶頭，最後又會走回我們一早出發時的市街。不，就算他走在我後頭也一樣。和泉蠟庵老是迷路的毛病，似乎會感染所有同行的人。拜他所賜，半天就能抵達的場所，得走上一個星期。雖然覺得像他這樣的人最好別出門旅行，但和泉蠟庵自己似乎完全不以為意，就連意外迷路來到斷崖絕壁時，他也只是自言自語地說了一句「當真滑稽」，還覺得好笑呢。

託他的福，每次我都被帶往古怪的場所。我們去過一座全村都是雙胞胎的村子，也去過崇拜一匹馬的村莊。附帶一提，當地村民深信那匹馬是某位偉大人物轉世而成，但看在我眼裡，只覺得那是一匹再普通不過的馬。還有一座奇妙的溫泉，只要在裡頭久泡，動物們便會全聚集過來。裡頭不光只是猴子和鹿，還有全身滑溜，長著三隻腳的動物，從沒見過。和泉蠟庵似乎打算把這些地方全寫進書裡，但這全都是誤打誤撞而尋得，我們根本不知道其正確地點。幾天後，我們沿原路前往，卻始終遍尋不著。

到了第三次旅行時，我實在再也無法忍受。當初是因為聽說有個對膝蓋痠痛很有療效的溫泉，才特地前往。目前還沒有任何書提過那座溫泉，要是能記下地點和療效，應該能夠大賣。但我們花了兩個星期的時間，抵達現場一看，根本什麼也沒有。也聞不到溫泉特有的氣味。

「有時也會遇上這種事。」

和泉蠟庵說得一派輕鬆，但我卻完全白忙一場。在返回市町的途中，又因為他而迷路，意外來到一座理應不會經過的市町。

而我就在那裡拾獲一具人類的胎兒。

二

如今回想，那裡還真是一座奇妙的市町。終日濃霧彌漫，不分晝夜，建築的輪廓盡融入一片白茫中。很少感覺到有人的動靜，即便偶爾與人擦身而過，對方也隱身在濃霧裡，看不清長相。雖然從建築裡傳出說話聲，但只要我與和泉蠟庵一靠近，聲音便戛然而止。日漸西沉，我們四處找尋旅店，但那裡的店主也很古怪。從拉門的門縫間注視著我們，對我們吩咐道「你們要住宿可以，請把房錢投進箱子裡」，說完便關上拉門，不見蹤影。我們猜想，好歹要在房客名冊上寫下名字吧，於是打開桌上的房客名冊一看，上頭卻寫滿黑壓壓一片看不懂的文字。我們住的是一間大客房，雖然住有其他房客，但每個人身上的棉被全蓋至頭部，偶爾還會發出呻吟聲或啜泣聲。我一直躺到半夜還是睡不著，但和泉蠟庵絲毫不以為意，還睡到打鼾。我心想，也許出去散散步會比較好入眠，於是便在深夜時分離開被窩。

外頭涼風徐徐。那是滿含水氣，猶如女人濕髮般的晚風。它纏向我的頸項和手臂，吹往空無一人的大路前方。

我一面走，一面思索自己未來的路。我決定等這趟旅行結束後，要向和泉蠟庵辭去這份隨從的工作，接著得重新找一份工作才行。不過，如果只是要供我一個人填飽肚子，憑這幾趟旅行的酬勞，應該還夠撐上一陣子。我沒家人，也沒有親屬需要扶養。

當時耳畔傳來一陣啪答啪答的濡濕聲響。我因為沒帶燈籠，四周一片漆黑。我定睛細看，發現月光照進濃霧裡。有幾隻狗聚集在小河邊，彼此頭貼著頭，正在啃食某個東西。牠們一發現我，便叼著白色的物體一哄而散。

小河的岸邊是一大片黝黑的烏泥。上頭掉落許多細小的白色物體。似乎是某種生物，大小與小指差不多。本以為是魚被沖上岸邊，但那雪白的腹部看起來與青蛙、菜蟲又有幾分相似。有的已經乾癟，有的則是在泥水裡泡至腐爛，長滿了蛆。牠們全都動也不動，似乎早已死亡。那幾隻狗就是在啃食牠們。有的被咬得支離破碎，散落四方。這到底是什麼東西？我拿起其中一個形體完整，表面仍保有光澤的物體，帶回旅店。

「喂，你手上的東西叫作『唵哺幼』[3]。」

天明時，和泉蠟庵醒來，望著我放在手上的東西說道。

「唵哺幼？」

「也就是人類的胚胎。你不知道嗎？人類出生前，在母親體內就是這副模樣。昨天在小河邊不是有一家中條流的婦產科診所嗎？所謂的中條流，自古便是專門替人墮胎的地方。一定是那家診所的醫生，從婦人體內取出未足歲的胎兒後，丟棄在那裡。」

他似乎也是第一次親眼見識，有些從國外引進的書籍，會用插圖介紹胎兒。經他這麼一說，我回想起昨晚那幕光景，頓時感到毛骨悚然。

「最好讓他入土為安。」

和泉蠟庵一面為上路做準備，一面如此說道。我把胎兒放在手上，來到屋外。在旅店的庭院處掘了個坑，把胎兒放進坑裡，正準備覆土時，那具胎兒的腹部竟開始抽動起伏。本以為他已經死了，但他似乎還有生命。

我頓感怯縮，不忍心將還會動的生命活活掩埋。雖然他的模樣活像菜蟲，但他確實是人類。如果將他活埋，我與殺人犯沒有兩樣。不得已，我只好將他放入懷中，就此離開旅店。聽和泉蠟庵說，胎兒一離開母體，便無法存活太久。既然這樣，他很快就會自然死亡，只要等他死後再加以埋葬，我也就不會感到內疚了。起初我心裡這麼想。

但結果出乎我意料之外，他一直死不了，連和泉蠟庵也大為驚訝。我所拾獲的胎兒，可能湊巧擁有強韌的生命力。我們離開旅店已過了半日之久，他仍在我懷裡抽動。

「既然他還活著，那應該餵他吃點東西吧？」

走在幹道上時，和泉蠟庵說道。

「要是他活活餓死，那就如同是你殺了他一樣。」

話雖如此，我根本不知道該餵胎兒吃什麼才好。苦思良久後，我以布條沾了點米湯，潤濕胎兒的小嘴。這個躺在我掌中，通體雪白，看起來像魚、像青蛙，又像菜蟲的小東西，那張像小指指尖般大的小嘴一張一合，正舔舐著米湯。

3. 編註：原文寫作「エムブリヲ」，也就是英文中的「Embryo」，即為「胚胎」之意。

之後過沒三天，我們回到原本居住的市町。我與和泉蠟庵都很高興能平安歸來。我告訴他，我打算辭去隨從的工作。

「你要是想再和我一起旅行的話，再跟我說一聲。」

「這是不可能的事。」

領取報酬後，我們就此分道揚鑣。接下來和泉蠟庵說他要前往出版商那裡，報告這趟旅行的結果。得向出版商出示旅途中所記的帳本，以便申請預先支付的花費。

回到長期空著的長屋後，我卸下肩上的行囊，吁了口氣。我在榻榻米上伸長雙腿，正準備躺下，那個胎兒忽然從我懷裡滾了出來，掉落在榻榻米上。他就像受到驚嚇般，蒼白的腹部不住抽動，本以為他會就此死去，但沒想到接著他發出沉睡的呼息。他非但沒有結束生命的跡象，皮膚表面甚至顯得愈來愈有光澤。但我既不能殺了他，也無法送給不認識的人。我望著那通體雪白的胎兒，盤起雙臂沉思。

一位到屋裡找我聊天的客人，朝我擺在房內角落，以衣服捲成一團的東西窺望，問我「先生，這是什麼東西啊」。那個像白色菜蟲般的胎兒，在衣服裡攢動。

「這是『唵哺幼』，也就是胎兒。如何，你願意替我收留他嗎？坦白說，我還真不知道怎麼處理呢。」

那位客人望著那個胎兒，似乎覺得有點可怕。蒼白的身軀，鼓脹的腹部。還沒長全，只有微微突起的手腳。與身體很不搭調的巨大頭部，有兩顆像是用墨筆點出的黑眼珠，也不知道到底看不看得見。甚至有一條像蜥蜴般的尾巴。整體看起來像是一塊活生生切下的內臟，很難想像這是人類。

沒有客人願意收留這個胎兒，不得已，我只好繼續照料他。我一直都是將他擺在掌中餵食米湯，久而久之，他也開始會注意到我的存在。若將他擺在房裡不管，他就會死命扭動身體，想引我注意。若將他緊緊握在手中，他就會像感到安心般安靜下來，開始呼呼大睡。

我朝茶碗裡注入溫水，將他浸泡其中，替他清洗身體。他的皮膚雖然蒼白，但不同於青蛙、魚，或是蜥蜴。真要說的話，像是介於人類嬰兒的肌膚與內臟的表皮之間。當他浸泡在茶碗的溫水中時，也許是想起待在母親胎內時的感覺，他一副享受沉醉的模樣。雖然有不少人是為了泡湯而踏上旅程，但我萬萬沒想到，連胎兒也這麼喜歡泡湯。為了不讓他在溫水中沒頂，我以手指支撐他的身體。只要叫一聲「喂」，他就會扭動身軀，抱住我的手指。若搔動他的身軀，他就會像怕癢似的搖晃全身，濺起水花。

將他放進懷中，或是握在手中時，碰觸胎兒的部位會覺得無比溫暖。連續兩週和他一同生活後，我開始覺得他很惹人憐愛。

他是我有生以來的第一個家人。從我懂事起，父母便已雙亡，家中也沒其他兄弟姐妹。我一直都過著隨興的獨居生活，也從沒想過今後會和誰一起生活，不過，日後若是有家人，會是什麼感覺，我倒也不是沒想像過。當我以指尖輕撫胎兒，感到昏昏欲睡時，我心中湧現一股過去從未體驗過的溫暖。

三

胎兒在我捲成一團的舊衣服裡度過一天。我因為剛好有事，將他留在家中，獨自外出。那天後來我回到長屋一看，發現他已離開舊衣，躺在不遠處。看來，我不在他身旁，他覺得不安，想在屋內找尋我。但他雖然長得像菜蟲，身子卻無法伸縮前進。當他從床鋪的舊衣裡滾出時，總會耗盡全身的力氣。我將他拾起，朝他嬌小的身軀吹氣，他似乎明白是我回來了，開心地扭動身軀。

正因為這樣，我決定日後出門時，要儘可能將他放進我的衣襟裡，帶他一起走。有時他會在我衣服裡排泄，不過胎兒只喝米湯，所以沒有臭味，我也不覺得髒。

某天，我與友人出外遊玩，一併將胎兒放進衣服裡，與我隨行。當我在蕎麥麵店喝酒時，胎兒在我肚子附近靜靜安眠，但是當那位朋友邀我一起賭博時，胎兒開始頻頻攢動。

我雖然從未與人賭博，但由於先前與和泉蠟庵一同旅行，攢了些錢，所以我心想，偶爾玩玩也不壞。友人帶我來到市町外郊一座荒屋的二樓。有五名男子在點著燭火的房間裡擲骰子。因為是賭博，本以為聚賭的會是一些長得滿臉橫肉的傢伙，但此時在房內的人，感覺氣質與我和和泉蠟庵相仿，看起來都像老實人，於是我也鬆了口氣。

骰子丟進碗裡，經過一番晃動後，覆在地上。眾人猜測骰子的點數下注。當我全神貫注投入賭局中時，胎兒從我衣服的縫隙滾落，就落在那覆蓋在地上的茶碗旁。男子們見到這個像內臟般的東西突然冒出，為之一驚。我向他們解釋，說這東西是還沒變成嬰兒的胎兒，理應待在母親胎內。男子們喚來待在房裡的同伴，擠在一起爭相看這個白色胎兒，就像在看什麼神奇的東西似的。

接著重開賭局，骰子開盤的結果，有輸有贏，不知不覺間，我錢包裡的銀兩全輸光了。先前與和泉蠟庵一同旅行賺來的錢，經過當天這麼一賭，轉眼成空。我將胎兒抱在懷中，步出荒屋時，外頭已陽光普照。

我垂頭喪氣地走回長屋，沿路踢著石頭。我沒想到會這麼快就把錢花光。得再找新的工作才行。這時，剛才那群男子緊盯著胎兒瞧的模樣浮現我腦海。

也許這世上還有其他人會覺得稀奇，而想看這名胎兒。

隔天，我在長屋的房間裡拉起黑布，來到屋外向行人吆喝。由於這座長屋建造於行人往來頻仍的場所，所以容易招攬顧客。

「來看『唵哺幼』哦。平常可是看不到的哦。這就是平時待在女人肚子裡的胎兒。」

一開始眾人都存有戒心，過路不停。不久，有幾個人停下腳步，詢問我什麼是唵哺幼，胎兒又是什麼，最後終於有一位客人跟著我走。我在長屋入口處收了錢，領他走進昏暗的房內，讓那位客人坐在榻榻米上。那位客人臉上的表情寫著，一定不是什麼多了不得的東西，我端著一個用布蓋好的托盆來到他面前。

「請勿用手碰觸。這就是唵哺幼。」

我掀開布，胎兒就躺在托盆上。那名客人為之瞠目，雙眼緊盯著那個像白色菜蟲般的身軀。我告訴他，這是我們人類最原本的樣貌，客人雙手合十，一副深受感動的模樣。

我的珍奇展示屋逐漸打響名號，客人開始蜂擁而來。每當我在那些屏息等候胎兒登場的客人面前掀開布時，他們都會發出一聲驚呼，然後把臉湊向托盆，想看個仔細。有人覺得可怕，有人覺得可愛。

我在入口處收取的費用並不高，但因為有不少人上門，所以一天下來賺取的金額相當可觀。我得以盡情地吃飯、喝酒、賭博。我花在骰子上的金額一天比一天多，但我絲毫不以為意。反正胎兒會再為我賺回來。

在市町裡打響名號後，有人對我的胎兒動起歪腦筋。某夜，有小偷潛入我屋裡。他似乎是看準我出外散步時犯案。等我回到家裡一看，屋內一片狼藉，甚至還有拆草蓆的痕跡。由於我將胎兒放在懷中，帶著一起出門，才沒被偷走，但這已嚇得我血色盡失。現在我要是失去胎兒，就什麼也沒了。

從那之後，我決定儘可能不眠不休地守護胎兒。因為這樣，我眼袋滿是黑眼圈。胎兒似乎完全沒察覺自己被人盯上，緊貼著我胸前睡得香甜，作著美夢。雖然我不知道胎兒是否也會作夢。

參觀胎兒的生意每天都盛況空前，排隊的人龍一路從長屋前排到大路對面。我甚至還被喚進城裡，在大人物面前表演。我因為緊張和睏意，沒能像平時表現得那麼自然，但人們還是以驚嘆的眼神望著胎兒出神。

不過，在賭博方面可就不像胎兒表演這般順利了。我連賭連輸，還欠了一筆債。為了扳回一城，我奮力一賭，無奈天不從人願，欠債愈積愈多。我變得個性暴躁，連對附近那位我付錢請來幫忙的少年也厲聲咆哮。每當我大聲說話，身邊的胎兒總會簌簌發抖。

前來參觀的客人絡繹不絕，但有件事令我感到不可思議。那就是胎兒一直保持像內臟般的模樣，完全沒長大。自我從小河邊撿回他之後，他仍舊只有小指般大小，體型如同魚或蜥蜴一般。本以為他也差不多該長至人類嬰兒的大小了，但他的手腳卻毫無半點成長。胎兒沒長大，表示我可以一直藉此招攬顧客，這樣對我而言無疑是好事一樁。但我還是很擔心，剛好有一次在路上偶遇和泉蠟庵，於是我便同他商量此事。

「他要成長，應該得待在女人的肚子裡才行。胎兒待在女人的肚子外頭，怎麼會長大呢。」

接著他想勸我別再賭博，所以我裝沒聽見，就此離開。

也有人想學我拿胎兒供人參觀。他們似乎是找專門墮胎的醫生，付錢買來胎兒。但那些胎兒最後不是一命嗚呼，就是離開母胎後活不了多久。很少胎兒能像我這個胎兒一樣，在離開女人肚子後還能存活。所以人們還是付錢到這裡來看我的胎兒。

我不再讓他睡在那件又髒又舊的衣服裡，而是買來一個紅色的鬆軟坐墊，讓胎兒睡在上頭。我把臉湊近，朝他吹氣，他就會扭動身軀，想要避開我。好像是因為我的呼氣帶有酒味。

過沒多久，賭場的老大帶著一批像凶神惡煞的男子到屋裡來找我。他們無視於參觀胎兒的長長人龍，直接就想走進長屋裡，引來排隊的客人抗議，但這群男子一瞪眼，眾人旋即不敢作聲。在那間荒屋裡賭博的，全都是看起來忠厚老實的人，但背後經營賭場的，卻是在町內惡名昭彰的流氓老大。我一直都沒發現自己已債台高築，無力償還。

「今天賺了多少啊？」

賭場老大在我改造成珍奇展示屋的房間中央盤腿坐下，如此問道。他體型魁梧，活像黑熊一般，雙眼昏黃渾濁。我如實回答後，他不屑地笑道：

「照你這種賺錢速度，等你還完債，我們兩人都已經是老頭子了。」

我跪坐在地，渾身顫抖。還不出賭債的人會有什麼下場，我早有耳聞。如果是被迫一輩子在某個地方做苦工，那還算是好的。

「不過，要我把欠債一筆勾銷也行。當然了，我不可能平白無故這麼做。我得帶走值這個價錢的東西才行。」

賭場老大說完後，低頭望向擺在我身旁的托盆。上頭蓋著一塊漂亮的布，胎兒在底下攢動著。

「我給你一個晚上考慮。」

賭場老大說完後揚長而去。

四

入夜後，我從拉門縫隙往外窺望，一名男子倚在對面長屋的牆上，正在打哈欠。他是之前和賭場老大一同前來的那班凶神惡煞的其中一人。似乎是在此監視我，防我帶著胎兒逃離此地。

我打消從正門逃走的念頭，把所有希望全賭向後門。我將窗戶微微打開一道細縫查看，發現長屋後面果然也站著一名男子。但此人抵擋不住睡魔的侵襲，倚著牆壁打起了盹。我把胎兒揣入懷中，先把草屐放到窗外，落地時直接踩在草屐上。我躡著腳走，從那名昏沉沉的男人面前通過，頭也不回地往前飛奔。

月光照耀著長屋交錯的窄小巷弄。我絕不能把胎兒交給那些男人。他們粗暴的個性我時有所聞。那班人簡直就像土匪。他們應該是想從我這裡奪走胎兒，自己經營珍奇展示屋，可是當眾人看膩後，他們一定會將胎兒棄如敝屣。搞不好還會丟進鍋裡煮來吃呢。

可能是因為酒喝多了，外加睡眠不足，我無法像以前一樣跑那麼久。穿出那處長屋密集的地區，抵達河邊時，我已上氣不接下氣，無法動彈。垂柳垂落的柳枝浸入河面下，隨風搖蕩。嘩啦嘩啦的水聲在暗夜中迴響。我坐在橋邊，從懷中取出胎兒。胎兒從睡夢中醒來，蒼白的腹部緩緩起伏。由於已是天寒時節，我雙手握住他，不讓他凍著。他是如此嬌弱，光是能活著就已經是奇蹟。

我對他做了很不應該的事。對他來說，如果我是個好父親，怎麼會三更半夜帶著他呆立河邊呢？為何會讓他暴露在戶外的寒風下呢？我雙手緊緊包覆著胎兒，回顧自己過往的行徑，不禁沉聲低吼。和他一起生活，我心中確實湧現一股從未體會過的溫暖。有生以來，我第一次想保護自己以外的其他事物。但最後我卻背叛自己這份心。曾幾何時，我忘了這份初衷，開設起那愚不可及的珍奇展示屋。我要怎麼做才能得到他的原諒呢？或許這只是我自己一廂情願，但我真的很希望胎兒能活下去。想當初一開始，我還抱持著「他到底要活到什麼時候」的念頭呢。

有幾個腳步聲從我逃脫的方向朝這裡接近中。我鑽進草叢裡，低下頭，發現剛才監視我的那兩個男人正飛奔而過。看來，他們終於發現我逃走了。要是繼續待在市町裡，早晚會被他們發現。我得盡早離開這裡才行，但我現在只有身上穿的衣服和一雙草屐，根本無暇做好遠行的準備。

這時，我腦中浮現和泉蠟庵的臉龐。我要是去了他家，或許他肯借我旅行所需的物品。於是我帶著胎兒前往他家，一路上提防著不讓追我的人發現。

和泉蠟庵的住家位在市町外郊，是一間小小的平房。我用力敲著大門，身穿睡衣的和泉蠟庵揉著惺忪睡眼出現在我面前。我與他在屋內迎面而坐，手中緊握著胎兒，告訴他我遭遇的事，以及打算離開這座市町的計畫。

「因為你是一位靠旅行為業的人，所以我想，來這裡找你，或許借得到可供擋風遮雨的用具。」

和泉蠟庵雙臂盤胸，聽我說完來意後，一本正經地搖了搖頭。

「打消這個念頭吧。勸你最好就此放手，把他交出去吧。」

「就此放手？」

「你無法和胎兒一起單獨旅行。最後一定會活活凍死。我說的不是你，而是那個小啼哺幼。你要離開市町是你的自由，但你得將他留下。否則他太可憐了。我認識一對夫婦，他們很渴望有孩子。雖然他們家境富裕，但一直膝下無子，為此發愁。如果是他們，也許肯收留這個胎兒，用愛心將他養育長大。我去和他們交涉看看，請他們替你還債。」

正當我沉默不語時，房間的紙門微微透著亮光。和泉蠟庵打開紙門，眼前出現已微露魚肚白的天空。不久，晨曦從遠處的密林滿溢而出，照向和泉蠟庵的睡衣衣袖以及我掌心裡的胎兒。我雖徹夜未眠，卻也不覺得睏。

我低著頭，雙手緊緊包覆著胎兒。

和泉蠟庵介紹的那對夫婦，面容慈祥，談吐有禮，一看就知道是好人。他們好像也來珍奇展示屋參觀過。在和泉蠟庵家的房間裡，我將胎兒遞向那對端正坐好的夫婦面前。夫人低頭望著胎兒，流露出無比憐愛的神情，這時我才想起曾經有這麼一對客人。他們恭敬地接過胎兒，朝不住攢動的他凝望半晌後，開始小心翼翼地以布加以包覆。當胎兒的臉被布遮住，再也看不見時，我暗自在心中與他告別。

我在屋外目送那對夫婦帶著胎兒離去。和泉蠟庵以關心的口吻說道：

「不必沮喪。有我陪著你。」

「胎兒要比你強多了。」

「別這麼說嘛。我們再一起出外旅行吧。我聽說有一座很稀奇的溫泉。溫泉水是從巨樹的年輪裡湧出。我們馬上去一探究竟吧。出版商願意支付旅行的費用。」

我對他的話置若罔聞，一直靜靜凝望那對夫婦遠去的背影。

後來聽說那對夫婦借助醫生之手，把胎兒放進腹中。之前和泉蠟庵說過，胎兒要成長，就得待在女人腹中。我不知道胎兒後來是否長大成為嬰兒，呱呱墜地。因為和泉蠟庵什麼也沒說，而我也沒問。只是全力投入工作中。

那對夫婦收養胎兒時，答應替我還債。託他們的福，賭場老大和他的手下們再也沒來找我麻煩。隨著日子一天一天過去，當初展示胎兒賺錢的那件往事，如今已覺得無比遙遠。

這段時間我雖然換過幾個工作，但還是多次擔任和泉蠟庵的隨從。並不是每次都去。幾次因為他迷路的老毛病差點送命，事後我一再叮囑他，以後千萬不要再找我幹這項差事了。不得已，他只好另外找尋扛行李的隨從，但每個人都幹不久，最後他還是找上我。

之後到底過了幾年，我已記不清了。有幾個朋友因感染風寒而辭世，或是在旅途中下落不明。唯獨和泉蠟庵依舊活力充沛地四處走動，不斷展開旅行，找尋可以做為寫書題材的溫泉和名勝古蹟。

在某個晴空萬里的日子，積雨雲於藍天之上飄蕩，太陽映照在稻田的水窪上，在排列整齊的水稻間熠熠生輝。

我伸手拭汗，拎著糕餅禮盒前往市町外郊。我幫和泉蠟庵跑腿，前往一位常照顧他的老翁家中。回程時，走得雙腿痠疼的我，決定在一尊立於岔路上的地藏王旁邊稍事休息。一旁立著一棵大樹，形成濃密的綠蔭。

一群像是住附近的小孩，追著蜻蜓奔來。合計約有五人。男孩女孩混在一起。當中有兩個孩子手持木棒，頻頻揮舞，從我面前通過。

待孩子們的聲音遠去，我感到一陣睏意，正準備闔上眼時，我發現有名少女站在不遠處一直盯著我瞧。是剛才從前面走過的孩童之一。

「妳怎麼啦？妳的同伴們都走嘍。」

我朝她搭話，少女側頭凝視著我。映照在稻田田水上的陽光，將少女的臉龐照得晶亮無比。

「叔叔，好久不見了。」

少女以咬字含糊的聲音說道。

「我在哪裡見過妳嗎？」

「見過。我還記得。」

這位少女說，她曾和我一起生活。在我手掌上睡覺，我用茶碗裡的溫水替她洗澡，每次她貼在我胸前睡覺，便覺得很安心。少女用她剛學會的字彙，很努力地說明。

「雖然叔叔的味道有點臭。不過我要是一會兒沒看到叔叔你，就覺得難過，想哭。」

少女來到我身邊，鼻子湊向我的衣袖，努力嗅聞我的氣味。我站起身，與她保持距離。

「我說，妳那是不是作夢啊？那應該不是真的吧。」

少女側著頭尋思。

「是嗎？」

「當然是啊。」

我開始邁步離去，少女還想跟過來。這時，已走在前頭的那群孩子折返回來，朝少女喚道「快點來啦」。少女雖然很在乎我，但過沒多久，還是跑向其他孩童身邊。

青金石幻想

輪是一家大型書店的女傭。平時幫忙處理家務，人手不足時，則是到店裡幫忙賣書。有時也會前往雕刻師傅的住處，交代雕版印刷的版面該如何雕刻。輪認為書就得是雕版印刷才好。那是在木板上雕刻文章和圖畫，塗上黑墨後，印製在紙上的一種印刷法。

此外也有活字印刷的做法，但輪並不喜歡。那好像又叫作「基督版」。老闆曾讓她見識過從國外傳來的宗教書籍，用的就是活字印刷。那是鑄造好每個活字後，加以排版印刷的做法。實在愚不可及。外國的文字好像只有幾十種，所以可以採用這種做法，但如果每個假名和漢字都要製版的話，那不就得鑄造出數量龐大的活字才夠嗎？而且每個文字都是同樣的形狀，一點意思也沒有。不像雕版印刷，當中蘊藏著每位雕刻師傅的獨特風格。假名、漢字、插畫，就像水乳交融般，全融合在一張紙上。印書果然還是得用雕版印刷才行啊。

她望著店內一整排的通俗小說，心中如此暗忖，這時，老闆房間傳來一聲叫喚。

「輪，妳來一下。」

「來嘍。」

打開紙門，走進房內。老闆正與一名年輕男子迎面而坐。男子留著一頭亮麗的黑髮，長度及腰，他端坐地上時，髮梢幾乎都快碰觸地面的榻榻米。此人五官端正，儀態如同睡蓮般清新脫俗。輪一時看得出神，站在房門前發愣。

輪與《道中旅鏡》的作者和泉蠟庵的初次邂逅，是她十六歲那年的事。而輪被火災的濃煙嗆死，則發生在她二十七歲那年，所以是死前十一年的事。

「雖說是老闆的命令，但妳實在可憐。」

耳彥走在山路上，如此說道。離開都城已即將五天。耳彥是幫和泉蠟庵扛行李的隨從。旅行所需的一切物品全由他一個人扛。他雖然算不上體格壯碩，但至少看起來比和泉蠟庵有力氣。他露出袖口外的手臂，不像輪那般瘦弱。

「女人要通過關隘時，可是很麻煩的。他們會對妳展開嚴密調查。就是所謂的『防槍炮進，防女人走』。意思是，對於進入都城的槍炮和打算從都城離開的女人，都得特別小心提防[4]。」

「不過，我很期待能泡溫泉呢。」

4. 譯註：防槍炮進是為了防止武器作亂，防女人走，是防止有心謀反的大名妻女逃走。

「那也得要能平安抵達溫泉地啊。因為那個人老是迷路。」

耳彥望著走在前方的那名男子背部。和泉蠟庵踩著輕快的步履，完全不知疲憊為何物。他綁成一束的長髮，像馬尾般左搖右晃。

和泉蠟庵以寫旅遊書為業。書中會說明溫泉的場所、功效、路線，對初次旅行的人頗有助益。這次是輪有生以來第一次出遠門旅行。目的地是從都城西行，約二十日路程的一處溫泉地。

「輪，妳願意當和泉老師的隨從，陪同他一起旅行嗎？」

在老闆的命令下，輪就此擔任他旅行的隨從。輪問和泉蠟庵「為什麼找我？」他回答道：

「只有我和扛行李的男人一起旅行，實在太無趣了。要是能多一個女人同行，感覺既賞心悅目又愉快，不是嗎？」

他一本正經地說道。這當然是玩笑話。他的目的應該是要在旅遊書中加入女人的意見吧。輪自己如此解讀，但和泉蠟庵始終沒收回當初那句玩笑話。他到底有幾分認真呢？總之，既然自己是在大書店裡工作，就得全力幫這位老師的忙，讓他順利把書完成。

下午時，一行人迷了路。看和泉蠟庵自信滿滿地一路往前走，本以為應該不會迷路才對，但猛然回神，才發現他們一直在山裡同樣的地方打轉。不，說打轉似乎不太貼切。因為他們走的是一條筆直的道路。不過，就算在樹上作記號，走了一段路之後，之前作記號的樹木竟然又出現在眼前。實在非常理所能解釋。況且這也不是弧度小到讓人察覺不出的彎路。而是如假包換的筆直道路。兩側一直都是雜樹林，也沒岔路，到底自己是從哪裡走進這條路的？輪覺得心裡發毛，緊挨著和泉蠟庵和耳彥。

「怎麼會有這種事？」

「妳冷靜一點，這是常有的事。」耳彥說。

「就是說啊。只要是我走在前面，常會發生這種事。久了妳就會習慣的。」和泉蠟庵說。

「你也該好好反省一下了。你這種老是迷路的毛病，實在太嚴重了。」

聽他們兩人你一言我一語，非但沒感到放心，反而益發不安起來。輪心想，像這種不可理解的現象，怎麼能夠習慣呢？

這條筆直的道路，不論往前走，還是往後退，最後還是回到了原處，所以他們離開原路，改為走進右側的雜樹林裡。走在這種沒有人徑的樹林裡，沒多久便遇上水流湍急的河川，他們順著河川往下游走，最後來到了平原。當暮色輕掩時，他們來到一處放眼望去淨是水田，只有零星二十幾戶人家坐落其中的村莊，輪這才鬆了口氣。

和泉蠟庵上前敲一戶農家的門，說明他們的情況。並請對方帶他到村長家，請村長讓他們留住一宿。

村長是一位年約七旬的老太太，獨自住在寬敞的大宅裡。她滿臉皺紋，背部佝僂，但雙眸清亮。就像經過徹底沉澱的湖水般，那是歷經漫長歲月所造就的明亮眼神。

「要向您叨擾一晚了。」

和泉蠟庵跪坐在地，深深行了一禮，耳彥和輪也跟著鞠躬。

「遠來是客，就當作是在自己家吧。」

老太太忙著手中的針線，以和善的聲音說道。她不只提供被鋪，還招待他們晚餐。老太太住附近的孫子們，送來他們煮好的白飯、醃蘿蔔、青菜味噌湯。那天晚上，輪心情輕鬆，一夜好眠。

天亮醒來後，輪到村裡散步。正值稻穗結實纍纍，風光明媚的時節。一整片綠油油的葉子隨風擺盪。那是一處平凡的農村。輪以手掌輕撫那宛如刀尖般的稻葉，信步而行。

看到蝴蝶翩然飛舞，她想起了故鄉。小時候她和父親住在農村裡。屋子後院有一座花田，總是有蝴蝶飛來。還曾經飛進屋裡，她追著蝴蝶嬉戲。那好像是父親過世那天早上的事。

父親死後，輪頓時成了孤兒。由於沒有親人收容她，所以在父親友人的介紹下，由町裡的一家大書店收留她。輪從沒見過母親。當初母親在生輪的時候，失血過多而死。母親以自己的性命換來輪，輪心中無比感激。

回到老太太家後，老太太請他們吃早飯，一行人正開始準備行囊時，突然有人匆匆忙忙闖進屋內，告知老太太有位曾孫發高燒病倒了。

和泉蠟庵與耳彥混在村民中，站在一戶民宅前。每個人都從敞開的拉門往屋內窺望。輪也把頭探進人群的縫隙中，往屋內張望。

一名年幼的少年躺在民宅的某個房間裡。雙目緊閉，面無血色，而且氣若游絲。這村莊沒有大夫。眾人只能眼睜睜看著少年受苦，他已距死不遠。一家人圍在棉被旁，淌眼抹淚。

一隻小白蝶在群聚的眾人頭頂飛舞。飛進昏暗的家中，也不停歇，就這樣飄來蕩去。村民們沒人注意那隻蝴蝶，一副無暇理會的模樣。只有輪的目光緊追著那隻蝴蝶，她想起父親過世的那天早上。輪再次返回老太太家，從行李中取出一個小提袋，返回民宅。

「請服下它。」

她將提袋遞向老太太。要將它送給別人，需要勇氣。這是已故的父親留給輪的遺物。老太太往提袋內窺望，將裡頭的一顆藥丸倒進她布滿皺紋的掌心。這雖是最後一顆，但現在一定正是它派上用場的時候。老太太將藥丸放進曾孫口中，讓他和水吞下。

和泉蠟庵和耳彥很快便在被窩裡睡著了，而遲遲無法入眠的輪則是在緣廊乘涼。皎潔的明月照耀著松樹，傳來陣陣蟲鳴。原本他們早上便該啟程，但因為在意少年的病情，所以決定在村子裡多待一天。

似乎是發揮了藥效，少年痊癒速度飛快。雖然還無法起身，但他已燒退，叫喚他的名字，他能睜開眼睛回應。

輪感覺有人，回身而望，發現老太太站在她身後。老太太跪坐地上，深深行了一禮。正當輪感到難為情時，老太太從睡衣衣袖裡取出一塊折疊好的手巾。

「這顆石頭請您帶走。」

老太太掀開布，裡頭包裹的是一顆像小指般大的藍色石頭。它所呈現的深藍，宛如天空集中往一處匯聚而成。

「這顆石頭，我已留在身邊五百多年了。」

「咦？」

「五百年。」

老太太一本正經地說道。

「請將這顆石頭帶在身邊，片刻不離身。總有一天您會明白我話中的含義。」

好美的藍。輪發出一聲讚嘆。連在沒有月光的黑暗中，也看得一清二楚。宛如從它內側散發光芒。

「我是從一名旅人那裡得到這顆石頭。就像您今天一樣，我救了對方一命，他以此做為謝禮。請您終生將它帶在身上，死不離身。不過，您得注意一件事。您千萬不能自殺。倘若您自殺，便會墮入地獄。」

老太太取出先前用來裝藥的小提袋，把石頭放進裡頭，讓輪握在手中。那顆石頭一定很昂貴。起初輪拒不肯受，但老太太堅持要她收下。後來輪被說服，收下那顆石頭。

轉眼已日出東山，和泉蠟庵和耳彥從被窩裡起身，開始準備行囊。輪也折好棉被，起身盥洗。吃完早餐後，他們準備就此離開村莊。和泉蠟庵和耳彥答謝老太太的留宿和款待。輪也為贈石一事出言道謝，這時老太太對她說道：

「請將提袋繫上繩子，掛在脖子上。」

出發時，擦身而過的村民們皆望著輪一行人，向他們行禮。不久，村莊漸行漸遠，已看不到水田，眼前淨是荒蕪的土地。和泉蠟庵走在前頭，耳彥與輪緊跟在後。

他們坐在樹下休息時，輪拿出老太太送她的藍色石頭仔細端詳。就算白天看，它那美麗的藍依舊令人讚嘆。藍色中帶有零星的金色碎片，猶如星光點點的夜空。

「那是什麼啊？」

耳彥靠近問道。

「是老太太送我的。說是為了感謝我的賜藥之恩。」

輪以手指拈起石頭，讓耳彥觀看。和泉蠟庵推開耳彥，湊近細看。

「這是琉璃。」

「琉璃？」

「沒錯。外國人稱它作『拉普祖里』[5]，也就是青金石。妳最好妥善保管。」

之後沒再迷路，順利抵達他們的溫泉目的地。雖然比當初預定的時間晚了三天，但這是輪第一次泡溫泉，感覺通體舒暢，無比滿足。不過這是工作。她沒忘了將溫泉的功效詳細記載在日記本上。

回程他們歷經三次迷路，但都有驚無險。回到都城，結束這趟旅程後，就此與和泉蠟庵和耳彥道別，令她略感落寞。不過他們都住同一個市町，以後還有機會碰面。之後輪仍持續與他們往來。不久，和泉蠟庵將這趟旅行的成果出版成冊，在大書店裡工作的輪，把他的書擺在店內架上。

輪打從第一次與和泉蠟庵見面，便對他一見鍾情，但她始終都沒讓和泉蠟庵察覺她的愛意。因為她認為自己的身分與作家無法匹配。

最後，輪在十八歲那年與老闆介紹的男子結婚，生了三個孩子。過著有苦有樂的日子。她親自哺乳、哄孩子不哭、靜靜望著孩子的臉，直到孩子睡著。有時丈夫生氣丟碗，有時輪也為之光火，不和丈夫說話。

她捲起衣袖洗衣服時，家裡的老三總對她掛在脖子上的提袋很感興趣。輪會取出裝在提袋裡的青金石，告訴他昔日那段旅行回憶。

輪二十七歲那年，一名住附近的男子，家中竄出火舌。一切只因抽菸不慎。木造的長屋容易起火，火勢蔓延也快。轉眼間，輪所住的長屋已被烈焰包圍。她為了拯救自己來不及逃離的孩子，衝進烈火熊熊的長屋內，就此沒再走出。她吸入濃煙，失去意識，大火燒向她的衣服，就此葬身火窟。

二

嬰兒出生前，母親大量失血而死。產婆心想，至少也要救活嬰兒，因而將那名喪命

5. 編註：原文寫作「ラピスラズリ」，也就是英文中的「Lapis lazuli」，即為「青金石」之意。

的母親陰部撕開，雙手伸進她腹中，取出一團不住攢動的紅色肉塊。是個女嬰。奇妙的是，嬰兒的小手裡緊握著某個東西。從嬰兒的指縫間露出一個藍色的塊體。產婆扳開嬰兒的手，結果一顆小小的藍色石頭掉向她母親流落一地的鮮血和羊水中。產婆在她漫長的人生中，從沒見過像這顆石頭那般深邃的藍。

父親將嬰兒取名為輪。輪很少哭，總是睜著一雙大眼，靜靜觀察四周。和她說話，她便會做出像在豎耳聆聽的動作。明明出生還不到一個月，看起來卻像聽得懂人話。雖然還只是個小嬰兒，但如果問她「妳餓了嗎？」，她卻會點頭、搖頭。輪很快便學會說話。就像老早就知道物品的名稱般，沒教過的話，她自己便會脫口而出。不久，她已經會雙腳站立，開始走路，明明沒教過她，她卻已經會自己到外頭上廁所。

輪滿五歲後的某一天，她對父親說：

「今年夏天會有洪水。要是放著不管，會出人命。最好先在高處蓋一座小屋，在那裡存放米糧。」

父親將輪說的話告訴村民。那裡雖是鮮少遭遇洪水的地區，但沒人當這是孩子的戲言，一笑置之。因為大家早已發現輪不是普通小孩。

那年夏天真的發生洪水。雨連下十天，過去不曾氾濫的河川，河水滿溢而出。田裡的作物全毀，屋舍也被沖垮，但沒人喪命。因為眾人已按照原先的計畫，事先到山丘上的小屋避難，並在那裡存放家畜和米糧。
「妳有時令我感到害怕。明天會發生什麼事，妳好像能事先預知似的。」
父親對輪如此說道。當時洪水已消退，藍天從雲縫間露臉。村民們幫忙輪和她父親重建家園。村民們全對這名年僅五歲的少女另眼看待。
「爹，青金石在哪裡？」
輪以不像少女該有的成熟表情問道。
「青金石？」
「嗯，就是我出生時，握在手中的那顆藍色石頭啊。還有，如果有小提袋的話，請給我一個。」
父親將那顆和妻子遺物放在一起的小石頭，以及用舊衣服做成的小提袋交給輪。輪以繩子穿過提袋，將藍色石頭放在提袋裡，掛在脖子上。
「老太太吩咐我要這麼做。」
「老太太？」
「就是給我這顆石頭的人啊。」
父親進一步詢問詳情，但女兒沒再多說。

輪還清楚記得。雖然往日的一些瑣事已不復記憶，但人們常說，她五歲那年村裡遭遇洪水。所以她才得以事先提出忠告。

火災那件事更是印象鮮明。長屋被大火吞噬，連她自己的孩子也逃走不及。最後她吸入濃煙，和孩子雙雙命喪火窟。自己當初應該就是這樣過世的吧。

感覺就像身體落入地獄深淵。

正當她覺得自己沉浸在一處像溫泉般的場所時，身體陡然飄浮起來。

她回過神來，發現自己正蜷縮在一處狹小的空間裡。她原本還以為是置身在另一個世界。她從頭到腳都被溫水包覆。感覺無比安詳，全身幾欲就此融化。有時會有像繩子般的東西纏向她的手腳。後來才知道那是臍帶。輪一直以為這是另一個世界，但其實她是在母親胎內。某天，當她覺得這地方擁擠得難受時，產婆雙手伸了進來，將她拉出母親體外。

起初她以為自己死了，轉世投胎。但那張俯視她的臉，是她記憶中的父親。父親抱著她散步時，觸目所及全是她熟悉的景致。她並沒有投胎轉世。她一樣被取名為輪。她還是她自己。再度以輪的身分重回人世。她在產後一個月明白這個道理。

嬰兒時期的輪，便已能聽懂周遭人的談話。她從人們的交談中得知她出生時手中握著一顆藍色石頭。那顆石頭肯定就是青金石。

在她前一個人生中，從未聽說她出生時手中握有藍色石頭的事。這麼說來，眼前這不可解的狀況，難道全是因為這顆石頭的緣故？

輪因火災而罹難時，身上帶著那顆石頭。她遵照老太太的吩咐，終生將它帶在身上，死不離身。老太太還說過，到時候就會明白她話中的含義。

輪將小提袋掛在脖子上，開始過她的第二次人生。她父親保管的那顆青金石，一定就是當初老太太送給輪的那顆石頭。不論大小、形狀、色澤，全都一模一樣。它藍色的表面，到處都是閃著金光的顆粒。黑夜如果化為動物，一定擁有像這顆石頭般的眼瞳。它似乎是伴隨著輪嬌小的身軀，從母親胎內來到這世界。

很久以前便已過世，本以為再也無緣相見的父親，如今又活生生出現在自己面前，起初令輪倍感驚詫。但隨著時間經過，她也逐漸習慣。有時她甚至覺得，第一次的人生也許是一場幻夢，事實上它根本不曾存在過。

儘管如此，有時想起丈夫和自己所生的孩子，淒涼之情仍不免油然而生。他們後來怎樣呢？如果還活著，有機會再相見嗎？

某天，一名開租書店的老闆到村裡來。他在路旁鋪設草蓆，擺出他在市町的大書店買下的書籍。那名租書店老闆一見輪從人群中現身，笑著說道：

「小姐，妳也會看書嗎？」

「當然會啊。」

輪拿起一本附封面圖畫的通俗小說，隨手翻閱。

「這本書我記得。裡頭的故事很有趣。」

「小姐，那本是最近才剛寫好的書耶。」

「因為我還記得嘛，這也是沒辦法的事啊。」

租書店老闆似乎當輪是在開玩笑。暌違多年，再次體驗雕版印刷書的觸感，輪欣喜不已。她將擺在草蓆上的書，一本一本拿起來看，這時，她發現《道中旅鏡》這本折疊書。作者是和泉蠟庵。輪感到無比懷念，差點當場落淚。原來他也活在這世上。

輪的父親不時會到鄰村的一位瓦匠家中，幫忙對方以土窯燒製屋瓦，到隣近的市町販售。賺得的工錢可用來貼補家用，多虧有這筆收入，才不至於餓肚子。

當初賜藥給他們的，也是這位瓦匠。輪的父親用手拉車替他載屋瓦到市町販售，工匠以此做為謝禮。以曬乾的熊膽，糅合數十種植物所製成的藥丸，一共約有五顆，全放進提袋裡。每當輪生病時，父親就會讓她服下一顆。

那是輪七歲時發生的事。父親說要去幫忙燒瓦，於是輪留下來看家。父親外出後不久，一隻蝴蝶飛進家中。起初輪就只是望著蝴蝶出神，心裡想「真漂亮」，但接著她馬上憶起往事，就此奪門而出。最後好不容易在鄰村的交界處追上父親。

「爹，你不能去啊。今天會有壞事發生。」

輪死命阻攔，於是父親這天便取消原本的計畫。隔天才在瓦匠家聽聞小屋坍塌的事。似乎是屋柱腐朽，變得脆弱不堪。屋內堆疊的屋瓦也全都被壓成了碎片。

「要不是輪攔住我的話，我就會被派去幫忙打掃。」

父親說到這裡，開懷大笑，但輪卻覺得很可怕，半晌說不出話來。

父親這天理應在小屋裡被瓦片活活壓死才對。見輪淪為孤兒，對她寄予同情的則是瓦匠夫婦。他們請認識的一家大書店幫忙，請他們讓輪住在店裡幫傭。這是輪記憶裡的情形。但現在父親保住了一命，而且能繼續待在她身邊。今後將是輪一無所悉的人生。

三

「娘是什麼樣的人呢？」

「以妳的神通力，沒辦法看見妳娘的模樣嗎？」

父親拉著手拉車，正將滿車的瓦片運往都城。輪和瓦片一起坐在手拉車上。她雖已十三歲，但身材嬌小，體重輕盈。

「我那才不是神通力呢。」

只不過，許多事都會重複出現。但唯獨母親的長相，她始終無從得知。一來沒有母親的畫像，二來也沒有母親的親戚，沒機會目睹長得像母親的人。即便向父親詢問，所知同樣有限。父親說來說去，就只會說輪的眼睛像她娘，或是個性好勝之類的。輪出生時，母親便已喪命。可能是她出生時，眼睛的功能尚未健全，四周一片模糊，什麼也看不見。無法得知自己的母親是什麼樣的人，實屬可惜。

都城離村莊約八天的路程。穿過熱鬧的大路後，父親往採買這些瓦片的客戶家走去。輪走下手拉車，徵得父親的同意，獨自在市町裡行走。

輪前往以前她與丈夫和孩子們同住的場所。那是一處長屋密集的地區。她往屋裡窺望，發現裡頭住的是陌生人。當她與對方目光交會時，對方問她「妳迷路了嗎？」她搖了搖頭。長在路上的野草、從長屋屋簷間看到的天空，完全是她記憶中的景象。她想起自己與喝酒的丈夫吵架、背著孩子哄他們停止哭鬧。往道路挺出的石頭，以前常被它絆住，差點栽跟頭。長在長屋中間的大樹，孩子們常爬到樹上嬉戲。她二十七歲那年，這整排木造長屋，轉瞬間被大火吞噬。而她就是命喪於此。

她前往那家大書店。店內的模樣與排列整齊的書本，令她倍感懷念。老闆就坐在店內。熟悉的面容、一貫的穿著。在她前一個人生中，與老闆共度的時間比她父親還長。輪忍不住出聲叫喚。

「好久不見了！」

老闆驚訝地望著輪。

「我在哪兒見過妳嗎？」

「是的！」

說到這裡，輪突然閃過一個念頭。如果請老闆讓她在這裡工作，日後應該能遇見和泉蠟庵。等哪天又能一起旅行時，或許便能前往那位送她青金石的老太太家。關於她掛在脖子上的這顆藍色石頭，輪想要有更進一步的了解。如果是那位老太太，或許能告訴她什麼祕密。

「老闆，請讓我在店裡工作。」

輪開口請託，但一開始遭到拒絕。老闆說，我哪能隨便讓不認識的人在店裡工作。於是輪對老闆說，店裡的工作她大致都知曉。她隨口說出從製書到鋪貨的流程，老闆聽了之後，雙目圓睜，大為驚詫。

書就得是雕版印刷才好。輪望著店內一整排的通俗小說，心中如此暗忖，這時，老闆房間傳來一聲叫喚。

「輪，妳來一下。」

「來嘍。」

打開紙門，走進房內。老闆正與一名年輕男子迎面而坐。男子留著一頭亮麗的黑髮，長度及腰，他端坐地上時，髮梢幾乎都快碰觸地面的榻榻米了。此人是《道中旅鏡》的作者，和泉蠟庵。輪端正坐好後，恭敬地向他問候。

「您好，小女名叫輪。」

這就是老闆向輪介紹和泉蠟庵的那天。輪老早就在期待這天的到來。她心中雀躍歡騰，面帶微笑。

「原來是妳啊。好久不見了。」

和泉蠟庵一派輕鬆地說道，一點都不像是初次見面。輪頗為詫異，半晌說不出話來。

「您認識輪嗎？」

「嗯。每次在町內與她擦身而過時，她總會盯著我瞧。我還以為有人想要我的命呢。搞了半天，原來是這裡的夥計啊。」

和泉蠟庵一副恍然大悟的神情，頻頻點頭。他說為了寫旅遊書，要展開一場溫泉地之旅。輪就此加入他的行列，與他同行。

輪著手準備旅遊的行囊，將裝有青金石的小提袋掛在脖子上。在大書店門前與和泉蠟庵、耳彥會合後，在朋友的送行下啟程。

「雖說是老闆的命令，但妳實在可憐。」

耳彥走在山路上，如此說道。離開都城已即將五天。旅行所需的一切物品全由耳彥一個人扛。

「女人要通過關隘時，可是很麻煩的。他們會對妳展開嚴密調查。就是所謂的『防槍炮進，防女人走』。意思是，對於進入都城的槍炮和打算從都城離開的女人，都得特別小心提防。」

「不過，我很期待能泡溫泉呢。」

「那也得要能平安抵達溫泉地啊。因為那個人老是迷路。」

「迷路也很令人期待哦。」

「妳知道那個人有迷路的毛病？」

「知道。」

「竟然有人會期待迷路，我還真沒見過呢。」

輪望著走在前方的那名男子背部。他綁成一束的長髮，像馬尾般左搖右晃。對輪而言，迷路正是她這趟旅行的目的。只要迷路，最後應該能抵達那位老太太所住的村莊。為了能解救那位生病的孩子，她身上準備了一顆藥丸。

不久，輪一行人在山路上誤闖一處不可思議的地方。明明是一條筆直的道路，但是在樹上作記號，走了一段路之後，之前作記號的樹木竟然又出現眼前。

「哇，這沒道理啊！」

輪故意裝出驚訝貌，耳彥微微皺眉，對輪說道：

「我看妳一點都不慌嘛。」

他們像之前一樣，最後決定離開這條路，改為走進右手邊的雜樹林中。村莊就快到了。輪愈來愈興奮。但情況愈來愈不對勁。如果和之前一樣，他們應該會遭遇一條河川，但結果並非如此。來到雜樹林的盡頭後，眼前是一片平原。走沒多久，前方出現一條道路。路上人來人往，還有快馬奔馳其上。不久，前方出現一座市町。

「運氣真好。看來我們走的是捷徑。那不就是我們今晚預定要抵達的宿場町嘛！」

走在前頭的和泉蠟庵朗聲道。

接著走了約莫兩週的路程，終於抵達他們要前往的溫泉地。那是一處知名景點，有許多遊客在此泡湯療養。不清楚為何會是這樣的結果，到頭來，他們錯過了老太太所住的村莊。

輪浸泡在溫泉裡，感覺就像洩了氣的氣球。這裡的溫泉顏色白濁，氣味如同腐蛋。她伸長雙腿，感覺旅途的疲憊宛如融入溫泉中一般。事後一定得將自己泡溫泉的感想告訴和泉蠟庵，請他在寫書時一併補進書中。

她在泡湯時，也一直掛著那個小提袋。有時她也會取出青金石細看。和輪一起從母親胎內生出的這顆石頭，顯現出可怕的藍。當初送她的那位老太太，應該也是經歷過幾次死亡和重生吧。將這顆石頭給了輪之後，她會不會就這麼死了，不再以嬰兒的姿態重生呢？就算回到那座村莊，遇見那位老太太，她手上應該也沒那顆青金石吧。可能在老太太這次的人生中，完全不知道藍色石頭的存在。若非如此，這世上就會有兩顆神祕的青金石了。

泡在溫泉裡看這顆青金石，它的顏色會讓人覺得這世上其他的藍色全是假的。關於這顆石頭，當初老太太說了些什麼呢？輪花了一點時間才想起來。

不能自殺。

要是自殺，會墮入地獄哦。

老太太好像曾經這樣叮囑過。

旅行回來後，輪繼續在大書店工作。不同於之前的人生，她後來仍繼續與和泉蠟庵和耳彥展開過幾趟旅行。在和泉蠟庵容易迷路的老毛病下，他們多次捲入災難中。有時在山中困了三天，最後遇上世所罕見的景致。她帶回難得一見的禮物，回去探望家鄉的父親。父親年歲增長，垂垂老去的模樣，在她以前的人生中從未見過。

輪與她之前的丈夫在町內擦身而過。當初和她一起生活了十年，還生下三個孩子的那個男人，此時以陌生人的姿態走在她面前。由於只有遠遠地驚鴻一瞥，所以她沒出聲叫喚。就算現在沒採取任何行動，日後老闆應該也會主動介紹他們認識才對。

然而，輪最後卻和其他男人成婚。她在出外時認識一名年輕商人，對方向她求婚。對方長得相貌堂堂，個性也不差，這樣的對象應該也不錯。而且他有經商的才幹。在之前的人生中，輪曾經親眼目睹這名男子經商成功。

輪開始以商人妻子的身分展開新的人生。如今她住的不再是以前的破舊長屋，而是氣派的大宅院，並且生下他們的孩子。雖是第一次生產，但輪完全不顯一絲慌張，令周遭人嘖嘖稱奇。她雖是一位年輕的母親，但哄逗孩子的動作卻很熟練，婆婆完全無從挑剔。

她之前人生的第一胎是男孩，但這次生的是女孩。可能是因為不同父親的緣故。那麼，當初她在木造長屋背在背上，親自哺乳養大的孩子們，現在去了哪裡呢？儘管心裡期待日後能再相見，但看來他們根本沒降生在這世上。感覺如同就此抹除那些孩子們的人生，心裡頗不是滋味。而在養育這名新生兒的過程中，也很少再想起以前自己所生的孩子。這令她更加感傷。

以後將這顆青金石交給其中一個孩子吧。輪常在心中如此盤算。她已經活得夠久了。接下來讓其中一個孩子也用這種方式活下去吧。不過，才過了一晚，她便感到害怕起來，遲遲無法將掛在脖子上的小提袋取下。日子就這樣流逝。

從老太太那裡取得青金石，已成了遙遠的往事。老太太當初是在什麼樣的心境下，送她這顆青金石呢？青金石代表當事人的生命。當她決定將青金石託付某人時，心中到底是什麼樣的想法呢？

相較之下，她對自己的膚淺感到錯愕。活了這麼多年，應該已經足夠了，卻還不敢放開這顆青金石。可能是之前逃過一劫的緣故，如今輪對死亡的恐懼更勝已往。要是死後有另一個世界，可以讓死者們過著幸福的日子，那就好了……輪閱讀過宗教方面的書籍。也曾看過活字印刷的外國書。但它們全都無法消除她心中的恐懼。

日後應該會有一天，她心中的恐懼將變得微不足道。否則她將永遠活下去。她拿定主意，要為自己喜歡的人捨棄這顆青金石。

四

這第二次的人生，同樣有歡樂，亦有煩惱。曾經因為丈夫在外偷腥，而氣得想殺了他，也曾因為婆婆站在她這邊，而覺得她像是自己真正的母親。當她家裡的老二因病而奄奄一息時，她讓孩子服下那最後一顆藥丸，就此將他從鬼門關拉了回來。

不久，在輪二十七歲那年，那處長屋密集的地區發生火災。那場她原本理應命喪其中的火災。由於這次她居住的地方不同，所以輪毫髮無損。不過，她前一次人生的丈夫，卻在火災中喪生。

輪到了她以前從未體驗過的年紀。她三十歲時，孩子們的臉蛋逐漸由稚氣轉為成熟。四十歲時，父親、婆婆、丈夫相繼過世。五十歲時，孩子們紛紛嫁人、娶妻。還有了孫子，她將家業全部交由孩子掌管，就此退休。她望著鏡子，發現鏡中的臉滿是皺紋。現在她已跑不動，每逢雨天，膝關節便隱隱作痛。她心想，像這種時候，要是能泡溫泉就好了。輪自婚後便很少與和泉蠟庵和耳彥聯絡。也不知道他們之後過著什麼樣的人生。

在輪五十五歲的某天，她感到頭痛欲裂，突然就此昏厥。接著當她醒來時，已躺在被窩裡。孫女們陪在一旁。她們一面唱歌，一面玩遊戲，衣袖宛如隨風擺盪的花瓣。輪那個裝有青金石的小提袋，仍掛在她脖子上。她緊緊握著它，闔上眼。下次能否看到母親的臉呢？頭又痛了起來，直貫腦門。

有個像繩子的東西，在羊水中飄蕩。母親的胎內宛如溫泉般。產婆撕裂母親的陰部，將她取出。她睜開眼睛環視四周。感覺到羊水和鮮血。全身接觸著空氣。看得到像是燭火的亮光。但嬰兒的眼睛似乎還沒能開始運作。一切都是如此模糊。最後她還是無法看見母親的臉。事後聽說她出生時，小小的手指緊握著一顆像是由藍色凝聚而成的石頭。

輪就此展開她的第三次人生。她讓父親抱在懷中，望著故鄉的田園風景。後院的花田，蝴蝶翩然飛舞。又回到這裡了──她心中興起這份感慨。為了不讓人們說她擁有神通，對她感到畏懼，這次她一直佯裝是個尋常的孩童。雖然聽得懂人們說的話，但就算有人同她說話，她也始終擺出聽不懂的表情。之前她被稱作神童，受人敬重，但人們也對她避而遠之。不過這次她有了許多年紀相近的玩伴，村民們都能輕鬆地和她交談。

然而，到了村裡即將遭遇洪水的那年，儘管她一再叫大家注意，但根本沒人把她的話當真。上一次是因為眾人認為輪具有神通力，所以才肯聽她的勸。結果災情遠比上次還要慘重。

為了防範父親在瓦匠家遭遇事故喪命，輪告訴父親自己經歷過的人生。並說明自己從老太太那裡取得青金石，已有兩次死亡的體驗。父親大為震驚，但輪事先知道村莊會遭遇洪水，這是不爭的事實。瓦匠家的小屋倒塌那天，父親聽從輪的建言，乖乖待在家中。

長大成人後，輪並沒有與和泉蠟庵一起出外旅行。她覺得，就算同一天在山裡迷路，也很難抵達那座村莊，恐怕也不會遇見那位老太太。

這次她想一輩子待在父親身邊。輪幫忙父親務農，和村民們一起過著平靜的生活。對於租書店老闆帶來的書看膩了，就親自走一趟市町，到記憶中的土地四處走走看看。對於那家大書店和之前的夫家，她只站在遠處觀望。她找尋和泉蠟庵和耳彥的身影，以陌生人的身分與這些昔日友人擦身而過。

她之前的人生一直活到五十歲，所以輪知道朋友們後來會有什麼遭遇。她假裝是算命師，來到會在河裡溺死的朋友面前，向對方提出忠告，不要在河邊行走。而那些被熟識欺騙，扛下龐大債務的朋友，她則是提醒他們不可太過相信別人。

父親的朋友替輪找尋結婚對象。對方雖然長得不夠稱頭，也沒萬貫家財，但有一顆善良的心。輪和他過著幸福的生活。雖然偶爾也會生氣吵架，但丈夫不曾在外拈花惹草，家中滿是歡笑。

他們兩人始終膝下無子。父親病逝後，就只剩她和丈夫相依為命。他們坐在庭院前，望著枯萎的柿子樹，夫妻倆聊了許久。夕陽將浮雲染成桃紅色，兩人的影子拉得老長。她想起過去有孫兒承歡膝下的日子。孩子們常在這樣的傍晚時分嬉戲。然後跌倒擦破膝蓋，哭著走回家中。

死後又再重生，如此一再反覆，累算至目前為止，已有百年以上。邂逅的人不計其數。不過，她自己養育長大的孩子長相和名字，她仍舊記得。哪個孩子是什麼個性，她也不曾忘記。就算活了上千年，她應該仍會記得孩子摟在懷中的重量。

輪的母親不曾有過這樣的體驗，便結束其一生。輪活得愈久，愈常想到母親的事。每當她以嬰兒的姿態誕生，母親就會流盡鮮血和羊水，與世長辭。感覺就像她反覆一再殺害母親似的。

四十歲時，丈夫撒手人寰，又過了二十年後，輪安詳地離開人世。

第三次人生結束，輪緊握著青金石，第四度回到母親胎內。在輪出生的同時，母親便喪了命。輪尚未健全的雙眼，無法看見母親的臉。只要她願意，就能永遠不斷地思索，創造出無限的回憶。但想見母親一面的心願始終無法達成。

輪的第四次、第五次、第六次人生，她把時間全用在讀書上。死後變回嬰兒時，雖然不能帶著丈夫和孩子一起走，但她獲得許多見聞。她心想，既然這樣，那我就大量學習，累積知識，貢獻給這個世界吧。輪學習外國語言，研讀醫書。她熟悉藥品的種類，還針對藥草和毒草寫下附插圖的書籍。也嘗試設計不易毀損的橋，以及不易引發火災的長屋。當她死後重回嬰兒形態時，她的功績全化為一張白紙。但她還是重新開始寫書。

父親過世、丈夫過世、孩子過世，她體驗過無數的生離死別。每次還是淚如泉湧，無法習慣。為何會如此悲傷呢？一起生活的人，某天將會就此消失。而和那個人一起共度的歲月，則會永遠留存心中。自己那些沒降生在這世上的孩子們，以及如今形同陌路的丈夫，她都仍深愛著他們。這份情感不斷從體內深處滿溢而出，永不枯竭。她覺得眼淚也很尊貴。因為這份愛、這份悲傷，全是母親所賜。

轉眼已來到她第六次人生的尾聲。輪的女兒在生產時，嬰兒臍帶繞頸。臍帶繞頸是常有的事。很少有嬰兒會因此喪命。然而，當臍帶環繞好幾圈時，就會有性命之危。

遇上這種情況，常會造成死胎。胎兒透過臍帶，從母親體內取得各種營養。輪讀過醫書，很明白此事。可能是因為臍帶緊纏住脖子，造成壓迫，生命所需的營養無法傳送，造成胎兒喪命。

之後又過了一段安穩的日子。她漫步在有往日回憶的地點，欣賞滿天晚霞和雨後形成的水灘。不久，她的身體每況愈下，連散步都沒辦法。臥病在床後，她請親朋好友到家裡來聊天。當中有人甚至搞不清楚自己為何會受邀。對輪而言，她在之前的人生與對方有交流，但是就對方來說，兩人卻是第一次見面。

和泉蠟庵被帶往輪的房間後，端正地坐在棉被旁。和輪一樣，他也上了年紀。臉和手布滿皺紋，髮如星霜。但他那宛如睡蓮般的氣質，仍一如往昔。

「謝謝您的大駕光臨，和泉老師。」

輪從棉被裡坐起身，如此寒暄道。

「原來是妳啊。好久不見了。」

「我們可是第一次見面呢。」

「我們在市町裡擦身而過時，妳不是都會望著我嗎？不過那是年輕時的事了。」

輪的女兒端來熱茶。

「老師您的旅遊書，我全都拜讀過了。」

「沒想到學識淵博的妳，也會看我的書。」

「請別這麼說。我才沒有學識淵博呢。」

似乎是市町內有這樣的傳聞。輪儘可能保持低調，但她還是會在災害發生前向人提出預警，或是說出她不應該會知道的事，因而在不知不覺間得到這樣的風評。甚至有人誤以為她是算命師，想付她大筆銀兩。

「既然難得有這個機會，那請妳告訴我。到底該怎麼做，我的書才會大賣呢？」

「以前我總覺得您看起來很成熟，不過，到了現在這個歲數，究竟誰比較年長，已不再重要了。」

「因為我們都已經是雞皮鶴髮了。」

「曾經有位租書店老闆帶著老師您的第一本書到我故鄉那座村莊去。那應該是我五歲那年的事吧。」

「從那個時候起，就有傳聞說妳無師自通，天生就會講外國話。」

輪向和泉蠟庵詢問許多旅行時的趣聞。也從中得知耳彥是在幾年前過世，因何而死。和泉蠟庵一樣過著四處雲遊，四處迷路的生活。似乎也有不少年輕人景仰他，跟在他身邊，但幾次迷路下來，吃盡苦頭後，便紛紛求去。

輪想起自己第一次與和泉蠟庵見面時的情景。輪對他一見鍾情。在她最初的人生，第一次情竇初開。過去她與不少人結為夫妻，但不知為何，就是不曾與和泉蠟庵結婚。明明心裡一直有這個念頭，但始終不曾明說。

夜幕將至，和泉蠟庵就此離去。輪萬般不捨地與他道別。

「對了，妳掛在脖子上的那東西是什麼？」

最後和泉蠟庵向她問道。輪從小提袋裡取出那顆藍色石頭。

「是很久以前，某人送我的護身符。」

和泉蠟庵把臉湊向那顆石頭。

「這是琉璃。外國話稱之為『拉普祖里』。」

「是的，老師您以前也曾經這樣告訴過我。」

「有嗎？」

「是我弄錯了。」

「那妳一定是作夢。在睡睡醒醒的反覆過程中，搞不清楚是夢境還是現實。」

和泉蠟庵最後留下這句話，就此離去。從輪的房間可以望見敞開的緣廊。蝴蝶在陽光照耀的庭院翩然飛舞。

一週後，輪在被窩旁與孫子嬉戲時，突然病情發作。孫子一臉納悶地低頭望著倒地的輪。

生命結束時，總會有種墜入幽暗深淵的感覺。

先是沉入一處像溫泉般的場所，接著有種飄浮的感覺。

待回過神來，她已身在母親的子宮裡。四周一片漆黑，是因為置身在胎內，還是因為眼睛還未長全呢？她尚未成熟的身體，包覆在溫暖的羊水中。

她能靠自己的意識擺動手腳。但手指沒有感覺。也許是手指還沒長出來的緣故。雖然看不見，感覺不到，但那顆藍色石頭應該就飄浮在她身邊。也許就緊黏在她手臂前端。要是就這樣出生，便會展開第七次的人生。但輪不想這麼做。

有一條像繩子的東西，從自己的肚臍一路連往子宮的胎壁。輪轉動身體，想讓臍帶纏住自己脖子。由於身體的感覺不夠明確，所以她試了好幾次，都還是以失敗收場。只要趁自己身體還沒長大時死掉就好了。這麼一來，母親就不會因難產而死。只要在自己還是胎兒的階段自殺，就能救母親一命。

老太太說過，絕不能自殺。倘若自殺，便會墮入地獄。那裡會是什麼樣的地方呢？拜青金石所賜，她的人生過得比誰都還要長，但她想自動放棄。這項罪有多重，她無從得知。在地獄所受的痛苦，不知道是怎樣？說不害怕是騙人的。不過，她想讓母親活下去。希望母親能以健康的身體產下弟妹，將他們養育成人，體會輪所感受過的幸福。期望母親在她的生命中，也能感受生命的可貴、淚水背後的含義，而為之感動。

尚未取名為「輪」的這個胎兒，在羊水中祈禱。

不久，胎兒那尚未長全的脖子，被臍帶纏了三圈。胎兒在黑暗中伸長手腳，緊緊纏住自己脖子。臍帶受到壓迫，母親所傳送的營養就此斷絕。胎兒在感覺不到疼痛的情況下，就此不再動彈。

輪墮入地獄。

五

某天，和泉蠟庵在蕎麥麵店說道：

「十天後，我要前往西邊的一處溫泉地，你願意幫我這個忙吧？」

這趟旅行，是為了調查前往溫泉地的路線和溫泉的功效，以撰寫旅遊書。這是和泉蠟庵的工作。之前耳彥曾多次擔任替他扛行李的隨從，與他同行。但和泉蠟庵是個嚴重的路痴。不光是分不清東南西北，而且常會莫名其妙地迷路。所以耳彥決定拒絕他的邀約。

「兩個大男人一起旅行，實在太無趣了。」

「說得也是。那我找個女人加入好了。」

這樣也太奇怪了吧……儘管心裡這麼想，但耳彥嫌麻煩，懶得回應。一名在蕎麥麵店工作的女子，打從剛才就一直勤快地替和泉蠟庵送茶水。耳彥心想，和泉蠟庵年紀輕，而且相貌俊秀，我和他站在一起，顯得比普通人還要不如。今後還是儘可能和他保持距離為佳。

聽人說，和泉蠟庵後來與大書店老闆交涉，想請老闆介紹有可能和他們同行的女人。為寫書展開旅行。大書店的老闆也想助和泉蠟庵一臂之力，但最後終究還是沒點頭。

「我們店裡要是有女夥計的話，我就會讓她和你們同行，可惜沒有。」老闆好像說過這麼一句話。

最後仍舊只有和泉蠟庵和耳彥兩人展開旅行。耳彥為了生計，還是決定同行。他某次喝得爛醉如泥，遭扒手洗劫一空，落得身無分文。他背起行囊，一面咒罵緊纏著他不放的窮神，一面緊跟在和泉蠟庵身後。

途中行經一處稻葉連綿的農村。萬里無雲，天空無比蔚藍。有戶民宅後院有一整片花田，彩蝶舞動其間。和泉蠟庵望著這幕景致說道：

「看著這群蝴蝶，感覺一切如夢似幻。對了，有個故事不知道你有沒有聽過？」

那是十多年前發生的事。某個村莊有位母親流產。聽說那名流產的胎兒，脖子被臍帶繞了三圈。

「被臍帶繞了三圈，真是百年難得一聞。可憐的孩子。」

「那位母親後來怎樣？」

「當然是很悲傷嘍，不過，她後來好像又生了幾個孩子。不過，這當中有件事很玄。」

流產時，有顆石頭伴隨著胎兒的屍體一起從母親腹中產下。那是一顆通體深藍的石頭，表面就像塗上金粉一般。那顆藍色石頭是什麼，沒人知道。他們原本一直妥善保管那顆石頭，但後來孩子們發現它，拿它當玩具玩，就這麼遺失了。現在可能被埋在某座田裡吧。和泉蠟庵如此說道。

湯煙風波

一

黎明時，我們自宿場町啟程，翻越山嶺。四周已逐漸由暗轉明，所以我們熄去燈籠的燭火，節省蠟燭的消耗。幹道沿途旅人眾多，所以不覺得冷清。我背的皮袋裡裝有旅行的行囊。有針、髮梳、打火道具、麻繩、印版。每走一步，這些東西便會在袋子裡發出聲響。我擔任和泉蠟庵的隨從，替他扛行李，與他一同旅行。之前曾多次和他一起造訪各地的溫泉。

和泉蠟庵撰寫旅遊書，出版成冊，以此維生。雖說現今幹道建設完善，旅行起來方便不少，但大部分人還是從未離開過自己住慣的地方。他們不懂在旅途中該如何應對，也不懂如何泡溫泉。對這些人來說，旅遊書是不可或缺的工具。尤其是寫有溫泉相關文章的書籍，人氣向來居高不下。好的溫泉能治病，消除疼痛。為了療養而長期旅居溫泉地的人也所在多有。

製書的出版商只要一聽說有哪座溫泉是其他旅遊書沒提過的，便會出錢請和泉蠟庵到那處溫泉一探究竟。等他回來後，便請他寫書出版。我則是當和泉蠟庵的旅途助手，跟著沾光。

和泉蠟庵和女人一樣留著一頭烏黑長髮。在腦後綁成一束，活像馬尾巴。他是個嚴重路痴。明明是一位旅遊書作家，旅行經驗豐富，但每次一定迷路。有時從都城的這一側出發，旅行了數天，但不知為何，最後竟抵達都城的另一側，白忙一場。我雖然覺得這樣很沒意義，想辭去隨從的工作，但始終就是辭不掉，其實我有我的苦衷。

為什麼我會欠債呢？

當中原因連我自己也不明白。也許是之前我沾賭惹的禍，但真是這樣嗎？不過是玩骰子小賭一把罷了，會欠下那麼龐大的賭債嗎？當時我心想，自己發了筆小財，可以有好一陣子不用工作，但不知為何，最後錢卻不翼而飛。就像在作夢似的。

「世人都當我是個沒用的雜碎。」

在過河的渡船上，我對和泉蠟庵如此說道。

「就算是沒用的雜碎，也很好啊。」

和泉蠟庵望著逐漸靠近的對岸，如此應道。渡船的船老大向一旁經過的船隻吆喝。剛勁有力的聲音響徹晴空。

「一點都不好。我向女人搭訕，她們都會認為我是在開玩笑。有些店家還不讓我進去。像我這種人，繼續活在世上，也許只是在浪費時間罷了。」

「像這種時候，只要回想你小時候覺得快樂的事就行了。就算是你，也總會有一、兩樣愉快的回憶吧？」

我思索片刻，什麼也想不到。

我已故的雙親，對我也稱不上疼愛。

我努力回想小時候和我一起玩的女孩，但我忘了對方的長相。不久，一個令我胸口隱隱作疼的東西浮現腦海。

「完全沒有。想不出半點東西耶，蠟庵老師。」

那名少女是什麼長相？

是叫柚香嗎？好像是這個名字。

我與和泉蠟庵會抵達那座村莊，純屬偶然。原本我們預定要抵達的投宿地點，位於另一個市町。之所以會在意想不到的村莊投宿，一樣是老原因。之前我們渡完河後，馬上便迷了路。不知不覺間偏離了幹道，一路上沒遇見半個人影。原本理應就快抵達宿場町了，但沿途卻連一間房子也沒瞧見，四周淨是荒山野嶺。「看吧，徒勞無功的情況又開始了。」我在心裡嘀咕著。我們馬上原路折返，但始終沒遇見先前熟悉的景致。眼看紅輪西墜，我點亮燈籠，但不知該往哪個方向走才好。正當我作好心理準備，打算要露宿野外時，前方出現一座旱田。這表示附近有村落。就這樣，我們抵達一座位於山腳下的村莊。

「也許會轉禍為福哦。」

和泉蠟庵如此說道，凝望在月光下浮現出輪廓的山影。

「我聞這個氣味，溫泉應該就在不遠處。」

經他這麼一提我才發現。走進村莊後，裡頭瀰漫著一股撲鼻的溫泉氣味。沒聽說過這附近有溫泉。從沒有哪一本旅遊書介紹過這裡。如果這個村莊真有溫泉的話，出版商也許會多給一些報酬。看來，和泉蠟庵愛迷路的老毛病，有時也能派上用場。

我們詢問了幾家民宅，向肯露臉的村民確認村裡有無溫泉和旅店。村民們個個死氣沉沉。他們對旅人似乎早已見怪不怪，以渾濁的雙眼注視著我們，一說完話，馬上用力把門關上。不過我們打聽到山腳處有一間供旅人住宿的旅店，於是我們即刻趕往該處。

行經被竹林包夾的小路後，抵達了那處旅店。那裡冷冷清清，提起燈籠一看，屋頂雜草叢生。旅店的老闆和村民一樣陰沉，是名年近半百的男子。他總是低著頭，在暗影下看不清他臉上的表情。我與和泉蠟庵就只能望著他滿是頭皮屑的頭頂，同他說話。他聲細若蚊，有時聽不懂在說些什麼。店老闆還說著當地獨特的方言，所以我們問他說的話是什麼意思，但他完全不理會。我們被帶往住宿的房間，腐朽的榻榻米摸起來軟得嚇人，這時，和泉蠟庵向旅店老闆問道：

「對了，這座村莊有溫泉嗎？」

「順著後面的小路往上走，有一座溫泉。不過，勸你們晚上最好別去。」
「為什麼？」
「因為很多人一去不回。」
「意思是會迷路嗎？」
「不，因為沒看到他們走出溫泉。隔天在溫泉旁只看到脫下的衣服。人卻不知跑哪兒去了……」
旅店老闆說完後，便留我們在屋內，準備就此離去。我們想喚住他，但他可能是裝沒聽見，逕自快步離去。儘管他的背影消失在黑暗中，但他走路時地板發出的嘎吱聲，卻仍迴盪良久。
我與和泉蠟庵將行李擺在潮濕鬆垮的榻榻米上。屋間的紙門破損嚴重，可以直接看到房外。
月光讓青翠的竹林浮現幽暗中。一條像是通往溫泉的小徑，一路通往竹林。傳來一陣像是有東西腐爛的溫泉氣味。
「既然老闆都那麼說了……」
和泉蠟庵坐在我身旁，同樣也透過紙門的破洞往外望。
「是啊，今天暫且就……」

睡覺吧。我本想如此接話，但和泉蠟庵卻道出完全不同的另一番話來。

「你趕快去溫泉地一探究竟吧。」

二

和泉蠟庵說，溫泉地要是有什麼危險的話，就不能寫進旅遊書中，所以他希望我前往調查。旅店老闆那番話確實教人在意。不過，聽老闆那樣說，我實在很不想現在就去那座溫泉地查看。我決定對和泉蠟庵的提議置若罔聞，拿起折在角落的棉被往身上一蓋，就此呼呼大睡。

隔天早上，我因小腿奇癢難耐而醒來。那股癢意並未因此停止，反而一路擴散至手臂、脖子、腳背、手指。清晨的微光射進屋內，我在陽光下定睛細看，發現全身滿是紅疹。看來我蓋的棉被爬滿了跳蚤。我往那條潮濕的破棉被使勁一拍，馬上便有許多跳蚤散向榻榻米上，四處逃竄。這段時間裡，我一樣奇癢難當。不住往身上搔抓。

不可思議的是，和泉蠟庵完全沒被跳蚤侵擾。被我的慘叫聲吵醒的他，身上沒半顆紅疹。我問他為什麼，他從棉被裡取出一把草來。那是山路上常看到的野草。

「這叫作苦參。為了謹慎起見，我昨天特別採來備用。它驅除跳蚤的效果顯著。我之所以沒被跳蚤咬，就是因為在棉被裡塞了這種草。」

「既然你有這種東西，幹嘛不早點拿出來！拜你所賜，你看我！」

我讓他看我手臂和小腿的慘狀。但和泉蠟庵卻仍是一派輕鬆的神情。

「我本來要提醒你小心跳蚤，但你卻老早就睡著了。」

他肯定是故意不告訴我。我就算想抗議，也全身癢得難受，根本無法思考。

「對了，我們在這座村莊多住幾晚吧。因為我很在意溫泉的事。」

和泉蠟庵說。

「這麼說來，今晚還是住這個房間嗎？那種驅除跳蚤的草，請分一點給我吧。」

我雙手分別搔抓不同的部位，向他請求道。

「要分你當然可以。不過……」

他開出的條件，是今晚我得前往那處溫泉查看有無危險。

待天明後，我重新環視四周，發現這房間真是慘不忍睹。天花板上結滿了蜘蛛網，上頭掛著小飛蛾。擺在房間角落的座燈，上頭蒙上一層灰，燈盤裡的燈油汙濁黏稠。

我與和泉蠟庵離開房間，與旅店老闆寒暄。這座四周為竹林環繞的旅店，似乎是昨晚接待我們的那名中年男子與他的妻子在經營。老闆的妻子也和其他村民一樣陰沉，就像頭痛似的，臉部表情扭曲。我們以老闆娘煮的白飯配味噌湯當早餐。飯裡有小石頭以及女人的白髮，味噌湯則帶有一股泥水的氣味。附帶一提，旅店裡就只有我們兩位房客。

我們試著和老闆聊溫泉的事。詢問他晚上前往泡溫泉便會一去不回這件事是否屬實，是不是自古便有的事。但旅店老闆始終不肯正面回應。

「白天去泡的話，不會有事。」

他就只回答這麼一句。

由於無事可做，我與和泉蠟庵決定去泡溫泉。店主說的話姑且不討論，我們現在很想好好泡個澡，消除一路上的疲勞。明明一旁傳來溫泉水的氣味，豈有過門而不入，就此離開的道理？

我們帶著手巾，走在旅店後面的小徑上。兩側竹林茂密。這條小徑是正面朝山上斜坡而去的坡道。走了一會兒，後方的旅店已隱沒於竹林的另一頭，但可以望見前方靄氣冉冉而升的山崖。竹林來到山崖的岩地處便不再延續，四周瀰漫著白茫霧氣。

順著岩地而上，發現在山崖半途有一處像棚架般挺出之處，那裡正是湧泉處。那並非人工鑿岩所造成，而是泉水在岩石凹陷處匯聚而成的天然溫泉。寬度大約只能容納五名成人。水質白濁，上頭浮泛著溫泉的精華。我們試著把腳伸進溫泉裡，那微燙的溫度，熱度適中。

和泉蠟庵對於溫泉的泡法，似乎有他個人獨特的美學，他完全無視於我的存在，逕自褪去衣衫，噗通一聲浸入溫泉中。眼前遼闊的竹林堪稱絕景。背後山崖高聳，岩石嶙峋，風格獨具。

平安順利地享受完溫泉後，我們返回旅店。我全身的紅癢已經治癒。一走進房內，和泉蠟庵馬上翻開日記本，記錄溫泉的內容。他振筆疾書，寫下關於溫泉的顏色和氣味、深度及寬度、從旅店到溫泉的距離、自行推測的溫泉功效等等。因為這是日後寫旅遊書所需的資料。但寫到半途，他突然擱筆，轉頭望向我，似乎有話想說。

「知道了啦，我晚上去就是了……」

我心不甘情不願地說道。剛才實際體驗過之後，那溫泉看起來再平常不過了，所以我覺得不會有什麼怪事發生。

「不過，你得分我一些苦參哦。我可不想再發癢了。」

晚飯是白飯、味噌湯，外加滷竹筍。這是老闆娘準備的晚膳。我與和泉蠟庵吃了一口後，互望一眼，就沒再吃第二口。

夜幕低垂，玉兔東升。竹林在黑暗中一路綿延。我手提燈籠照著腳下，一路前行，走在白天時走過的小徑。但太陽下山後，氣氛隨之迥異。通往溫泉地的路程有那麼遠嗎？感覺不管怎麼走，竹林始終無窮無盡。不久，前方一片白茫霧氣，竹林來到終點。

山崖聳立眼前，山腹向外挺出處應該就是溫泉的所在地。不過此時彌漫的水氣比白天還要濃重，幾乎看不清楚腳下。我小心防範失足，在岩地間一路往上走，好不容易抵達那處溫泉。

四周一片死寂，沒半點蟲鳴。我脫去衣衫，腳伸進溫泉裡，清楚傳來水波聲。連夜空也盡被水氣遮掩。溫泉對岸融入眼前的白茫中，也看不到理應出現前方的竹林和背後的山崖。也許是月光照耀的緣故，儘管離燈籠的放置處有段距離，但四周的水氣看起來朦朧白亮。

起初我還有點在意旅店老闆說的話，但人一泡進溫泉裡，頓時一切都已不再重要。溫泉水讓肌膚變得滑膩，通體舒暢。從腳尖一路到後頸，由內而外暖和起來。不好好享受一番實屬可惜。我泡了半晌，什麼事也沒發生。我坐向岩地，待身體稍微冷卻後，再次入浴。

正當我在回想旅店那難以下嚥的飯菜時，突然感覺有人。我一直以為只有我一個人在泡湯，但我豎耳細聽後，傳來一陣嘩啦水聲，像是有人在溫泉中行走。

我細看後，從白茫的霧氣前方看出朦朧的人影。莫非是在我不注意的時候，有人穿過竹林的小徑來到這裡？

「這水溫真舒服呢。」

我試著向對方搭話，但沒有回應。人影靜止不動。也許是位耳背的老者。我乾脆靠向對方，打聲招呼吧。在靄氣彌漫下，只看得到朦朧的臉孔和身影，感覺很不舒服。我站起身，嘩啦嘩啦地激起水波，準備朝那人影走近。腳底無比濕滑，很容易滑倒。

人影愈來愈多。來泡溫泉的並非只有我和另外一人。我定睛細看，發現有三、四個人在泡湯。有人靜靜泡在水中，有人起身行走。每個人影都靜默無語。偶爾會傳來低聲細語，但聲細若蚊，聽不清楚。

我發現一件不可思議的事。離我最遠的人影，確實是泡在溫泉裡，但離我相當遙遠。回想白天時溫泉的寬度，此刻那道人影的所在處，應該是在山崖對面。可是我激起的溫泉水波卻不斷向遠處擴散。在彌漫的水氣中，看不見溫泉的外圍。我轉頭看，也看不到自己脫下的衣物放置的岩地。看不見燈籠的亮光。前後左右盡彌漫著濃密的白茫水氣，腳下則是熱度適中的溫泉。

好可怕。但還是覺得很舒服。雖然想逃離這裡，但我此刻所做的事，卻是將肩膀泡進溫泉中，長長吁了口氣。

有一道人影發出一聲清咳。嘔——嘔——對方發出兩聲像要嘔吐般的咳嗽聲後，歇了一會兒，接著又咳了一聲。我記得這個咳嗽聲。和我父親生前一模一樣。

「難道是……」我心中如此暗忖，試著觀察其他人影。旋即認出其中一人，此人少了一隻手臂。儘管在水氣中只有迷濛的輪廓，但還是看得出他少了一臂。他肯定是我那去年冬天被武士試刀所斬殺的朋友。他的屍體被人發現時，左臂已被斬斷。我仔細注視著他，這時，人影站起身，開始在水氣中移動。隔著水氣看得出來，他另一隻完好的手小心翼翼地捧著那隻被砍斷的手。

傳來哼歌的聲音。似乎有某個人影在唱歌。那微弱的聲音，若不專注細聽，便聽不出來。啊，我母親也在。我泡在溫泉裡，心中如此暗忖。是我那過世多年的母親在哼歌。

這時候，我心中的恐懼和不安消失。

我內心湧現一股慾望，想和這當中的每一道人影問候。

「各位，好久不見了。」

我放聲叫喚，朝他們走近。這時傳來一個令我意外的聲音。

「不可以，耳彥。」

是一個少女的聲音。有一道人影發出嘩啦水聲，朝我走近。對方身高不及我胸口。體型還是孩童大小。

「妳是誰？」

「你忘了嗎？」

我想看清楚她的長相，但是被水氣阻擋，只看得到模糊身影。

「我是柚香。」

那道人影如此應道，在白茫的水氣對面蹲下，泡進溫泉中。

「柚香？妳是那個……」

我想憶起她的長相，但始終想不起來。

「可是妳的個頭好小……」

她應該大我一歲才對。

「這是當然的啊。因為我死的時候，還只是個小孩。」

「妳死了？」

「是啊。」

我逐一望向其他人影。經這麼一提才想到，死者也會泡湯，著實詭異。由於泡湯太過舒服，我完全沒想到這個層面。聽柚香這麼說，我才突然害怕起來。

「這裡是什麼地方？」

我朝眼前那嬌小的人影走近。水氣微微由濃轉淡。已快要可以看出柚香濡濕的長髮、耳朵的形狀，以及五官。但她卻往後退卻，與我保持距離。

「你不能到這裡來。快回去吧。」

這時我背後傳來一個熟悉的聲音。有人在叫喚我的名字，是和泉蠟庵。

我被恐懼所攫獲，急忙往聲音的方向奔去，激起陣陣水花。不久，我抵達了岸邊。脫下的衣衫和燈籠就擺在一旁。燈籠的蠟燭已完全耗盡。和泉蠟庵一看到我，馬上靠近過來。說他因為遲遲不見我回去，特別跑來找我。

當時已是黎明時分。一陣風吹來，水氣就此散去，可以望見溫泉的全貌。又恢復成僅能容納五人入浴的大小。除了和泉蠟庵外，再無他人。那些泡湯的人影、與我搭話的少女，隨著水氣一同消逝。

三

「對了，你說的柚香，到底是誰？」

和泉蠟庵漫步於竹林中，如此問道。

「是小時候和我一起玩的女孩。」

竹子因風搖曳，發出悅耳的聲響。

「這名字真不錯。還可以寫成『湯香』[6]呢。」

6. 譯註：「柚香」日文為ゆのか，漢字同「湯之香」，亦即溫泉的香氣。

「請不要凡事都和溫泉扯在一起。」

昨晚我在溫泉裡看到的人影，全是我過世的親友。不論是我父母，還是那名斷臂的朋友，全都是另一個世界的人。如果當時我為了看清楚他們的臉，而走向他們的話，會有什麼後果呢？要是柚香沒喚住我，我會為了看清楚親友們的臉，而走向水氣的另一方。也許就會像旅店老闆說的那樣，就此一去不返。此刻回想，不禁全身發毛。

「你那位叫柚香的朋友是怎麼死的？」

和泉蠟庵仰望筆直的竹子，如此問道。

「這我不清楚。」

「但她不是說了嗎，她小時候就死了。」

柚香死了。

她果然死了。

「當時聽說她莫名其妙失蹤。」

某天突然失去下落。

在我七歲那年。

有人說是被天狗抓走了，也有人說是失足跌落河裡，被水沖走。等了好幾天，都不見她歸來。村裡的大人們在山中四處搜尋她的下落，但始終遍尋不著。這麼多年過去，沒人知道她到底去了哪裡。

現在偶爾還是會想起她。我早已忘了柚香的長相。那名少女眼睛長什麼樣？鼻子長怎樣？唇色為何？感覺差一點就要想起來了，但偏偏差那麼臨門一腳。

已不在人世的人，長相可能被永遠記得嗎？每天都在體驗新的事物，過去的一切失去原有的輪廓，變得模糊。腦中彷彿彌漫著霧氣，離開陽間的人，五官將不再鮮明。

柚香很久以前就過世了。我只知道過去那段悲傷的回憶。說起來實在沒道理。她的長相，以及我們倆是如何在水田的田埂上奔跑嬉戲，我已完全不記得，卻唯獨記得我曾為她哭過。

「水氣要是再變淡一些，應該就能看到我父母、朋友，以及柚香的臉了。」

我好想再見那些親友一面。

「國外好像發明了一種技術，能活生生地將看到的東西複製在紙張上。如果操作起來可以更簡便的話，我們的身影就能流傳後世了。」

「和圖畫不一樣嗎？」

「好像是『卡麥古拉』[7]與化學處理結合而成。」

7. 編註：原文寫作「カメラ・オブスクラ」，也就是英文中的「Camera obscura」，即為「暗箱」，是一種能將影像投影於螢幕的光學儀器。被視為照相機的前身。

聞。

「卡麥古拉……？」

「是外語『暗箱』的意思。」

我想像不出來。和泉蠟庵也還沒親眼見過這項發明，就只是從書本上得知這項傳

「看來，那座溫泉沒辦法寫進旅遊書中了。」

和泉蠟庵頗感遺憾。

「那座溫泉的品質好，視野也不錯。但死者會泡湯這種事，根本就沒辦法寫。雖然你平安歸來，但這可不能保證每個人都能像你一樣。不過，如果要寫怪談的話，倒是可以供作參考。」

他決定再住一宿，明天一早離開。旅行的天數增加，花費自然也跟著提高。出資的出版商當然不會有好臉色。既然這村莊派不上用場，自然沒理由久待。

為了準備明天上路，和泉蠟庵趁白天時又去泡了一次溫泉。我不想和他同行。雖說白天很安全，但昨晚的恐懼仍揮之不去。

我決定獨自在村裡散步。位於山邊的這座村莊，讓我想起故鄉。斜坡處闢有梯田，有人在耕種。我避開竹林，走在蜿蜒的小路上。天空灰濛濛一片，烏雲蔽日。

我邊走邊思索自己結束這趟旅行後該如何自處。總覺得自己不能一直這樣下去。我

握緊拳頭，告訴自己不能再賭了。然而，上次旅行結束時，我應該也下過同樣的決心。但最後還是禁不起骰子的誘惑。每次聽到甩動骰子的「咔啦、咔啦」聲，我就變得自信滿滿，覺得自己變成一個厲害的人。但每次到了最後，總是花光自己辛苦掙來的錢。

我走累了，坐在岩石上歇口氣，這時，一名老翁拉著馬迎面走來。這村莊的人也許不喜歡外地來的旅客。老翁從我面前通過時，一臉嫌棄地朝我瞄了一眼，嘴裡不知在咕噥些什麼。從他的嘴型看來，覺得像是說著不堪入耳的髒話。

頭好痛。對了，昨晚我不是睡在被窩裡，而是在溫泉裡待了一整晚。腦袋昏昏沉沉。

回到旅店的途中，我遇見一群孩子。孩子們一看到我，馬上躲進草叢中，竊竊私語。好像從草叢間頻頻打量我。我豎耳細聽，彷彿聽到他們在說「要是變成那樣的大人……」、「為什麼會這樣……」言談之間帶有一絲同情。我覺得很不甘心，撥開草叢，想狠狠罵一頓那群孩子。原本期待他們會嚇得落荒而逃。但他們卻昂然而立，像石頭般面無表情，目不稍瞬地凝睇著我。

在旅店前，我遇到一名抱著嬰兒的女子。我不想再和這村莊的人有所瓜葛，就此低著頭，不發一語，想從她身旁走過，結果那名女子卻故意來到我面前。她一臉擔憂地望著我，對我說「你父母一定覺得很遺憾吧」。我回了她一句「妳別管我」，女子突然露出兇惡的面容，瞪視著我。仔細一看，連她懷裡的嬰兒也因憤怒而表情扭曲，臉色脹紅。那鮮紅的顏色，不像人類的小孩，反倒像某種內臟。嬰兒開始發出「哇——哇——」的怪叫聲。

回到旅店後，我的災難仍未結束。一隻野狗走進我的房間。我打開紙門一看，榻榻米上竟然站著一隻滿身汙泥的髒狗。那隻餓得皮包骨的野狗，散發出熏人的腐臭，讓我很後悔自己長了鼻子。野狗咬亂我的行李，在棉被上留下無數腳印。我大叫著趕牠出去，那隻狗看到我，流下一滴眼淚後，就此往竹林衝去。

多惹人厭的村莊啊。死氣沉沉。泡完溫泉返回的和泉蠟庵一見到房內的慘狀，也大吃一驚。野狗的腳印散發出陣陣惡臭，即便清理之後，臭味還是揮之不去。

旅店老闆娘煮的晚餐，飯裡一樣摻有小石頭，臼齒有種不舒服的感覺。我與和泉蠟庵吐出石頭，擺在桌上，合計共有四十多顆。滷竹筍裡加了莫名其妙的東西，以筷子戳幾下，那東西還會動。看了教人發毛，所以今天我們同樣一口也沒吃。

紅輪西墜後，和泉蠟庵藉著座燈的燈光，寫起了日記。只要打開座燈外的燈罩，室內的亮度便足以供人閱讀。雖然點蠟燭比座燈還亮，但因為價格不菲，所以我們決定省著點用。

在入睡前，和泉蠟庵分了我一些苦參。

「你今天吃足了苦頭。就用它好好睡一覺吧。」

這麼一來，就不怕跳蚤來襲了。和泉蠟庵連同苦參一起鑽進被窩，開始呼呼大睡。

我在被窩裡闔眼，但遲遲無法入睡。

不久，我睜開眼，注視著房內的天花板。

天花板的蜘蛛絲因吹進房內的風而微微搖曳。

卡麥古拉。

外國話是「暗箱」的意思。

到頭來，我仍舊不懂那是什麼玩意兒，不過此時房內同樣一片昏暗。

我突然想起和泉蠟庵在渡船上說過的話。

像這種時候，只要回想你小時候覺得快樂的事就行了。就算是你，也總會有一、兩樣愉快的回憶吧？

我努力想憶起柚香的臉，但還是一片模糊。

我乾脆到那團水氣的彼端去算了。這麼一來，就能跟這個討厭的鬼地方說再見。只要到那邊去，以前熟識的朋友、父母，還有柚香，應該會接納我吧。我悄悄離開被窩，小心不吵醒和泉蠟庵，也沒帶燈籠，就此前往那座溫泉。

四

我小心翼翼地走在竹林裡的小徑上。一整排的竹子猶如牢房的柵欄。打算將我囚禁在這裡嗎?溫泉的氣味愈來愈濃，不久，周遭在水氣下化為一片白茫。我翻越岩地，來到那處溫泉地。

我脫下衣服，走進溫泉中。濕滑的感覺說不出的舒服。四周和昨晚一樣，在濃濃水氣下什麼也看不見。理應在前方的竹林，以及背後的山崖，都消失在白茫水氣中。整個人泡進溫泉中，只能看見自己的身體和水面。

不知不覺間，我已感覺不到黑暗。與其說是月光照亮水氣，不如說是水氣本身散發出白光。我全身暖意湧現，被一股連腦袋都為之酥麻的幸福感包覆。

我聽到一陣咳嗽聲，轉身而望，發現遠處有一道人影。那咳嗽聲肯定是我父親。此外還有隱約可見的人影。每個人都不發一語地泡著溫泉。我已不再感到害怕。他們全是我認識的人。全是我懷念的人。我想接近他們。

「你為什麼又回來?」

傳來少女的聲音。不知她是什麼時候出現的，在離我不遠處，有個孩童大小的人影。在水氣的阻礙下，看不清楚其面容，但她確實就在前方。每當那孩子的人影晃動，緩緩搖晃的水波便會從水氣對面擴散開來，傳向我身邊。

「我也想去你們那邊。」

每當我朝少女的人影走近一步，她便跟著後退一步。我與少女之間的水氣濃度始終維持不變。

「不行，耳彥，你還不能到這裡來。」

「可是，我想見大家一面。想看看那些熟悉的臉孔。」

「你要是到這裡來，就再也回不去了。」

「我才不在乎呢。」

其他人影可能聽不到我們的對話，一直靜止不動。我發現有個佝僂的身影。那緩慢的動作，是我老早以前就過世的祖母。遠處傳來一陣像是女人啜泣的聲音。我有個已故的女性友人，就是這種哭聲。

我從影子的輪廓加以想像時，柚香泡進溫泉裡，直沒至雙肩。我也在溫泉中伸長雙腿。真是宛如置身天堂啊。

「柚香，妳是怎麼死的？」

「我是採山菜時，失足跌落而死。山上不是有一棵杉樹嗎？我就是從那座山崖跌落。撞向山崖下的岩石，扭斷了脖子。」

「村裡的大人們上山搜尋，但沒找到妳。」
「一定是他們沒到山崖下搜尋。我的身體被草叢遮蔽，從上方應該是看不到。」
柚香的影子晃動，發出一陣嘩啦聲。她似乎正伸手摸著自己的脖子。
「還會痛嗎？」
「已經沒事了。」
「那就好。」
柚香呵呵輕笑。隔了一會兒，她語氣平靜地問道：
「你為什麼會想來這裡？」
「因為我的生活乏善可陳。」
「也許以後會有好事發生啊。」
「天知道。除外之外，還有另外一個原因。」
「什麼原因？」
「我快要忘記大家的長相了。」
「原來是這麼回事啊。」
「大家死後，不是都再也看不到他們的臉嗎？過了幾年歲月，就再也想不起大家的長相。像妳是什麼長相，我現在已經記不得了。全新的回憶一再累積，將妳逐出我的記憶。」

「這也是沒辦法的事。因為你還活著，每天都會產生許多新的回憶。今後你一定還會見識更多的事，邂逅更多的人。已經死去的人，大可就這麼忘了。」

「才不要呢。我就是受不了這點。我對妳覺得很抱歉。」

「耳彥，你還是老樣子。」

「小時候我可能是喜歡妳吧。所以才會老跟在妳屁股後面。」

「是啊。我們天天膩在一塊兒。」

「但我卻把妳忘了。世上哪有這種事！」

我雙手掩面。連腦中都冒起了白茫水氣。我和柚香的關係，究竟是像姐弟，還是像兄妹？是誰都走在前頭，拉著另一人的手呢？

「謝謝你，我並不覺得寂寞。」

「真的嗎？」

「嗯，我一點都不寂寞。所以就算你忘了我，我也沒關係。你快回去吧，天快亮了。」

少女道。周遭的人影站起身，水面為之起伏。那些像我父母、朋友的人影，全都在溫泉中走遠。

「我也要去你們那邊……」

「不行。」

柚香的人影撥起溫泉水。溫泉的飛沫穿過水氣，潑灑在我臉上。

「有人在等著你。所以你不能過來。」

「有人在等我？」

「那個人從剛才就一直在期盼你回去。」

柚香也開始背對我遠去。水氣對面的人影愈來愈淡。我可以追向前去，但我雙腳無法動彈。我心中開始猶豫。

「柚香，妳那邊有賭博嗎？」

少女的人影詫異地應道：

「才沒那種東西呢。」

「那我暫時還不能去妳那邊。等我在這裡玩夠了，再去那邊找妳吧。」

感覺人在水氣對面的柚香，似乎回以一笑。

「你也要懂得適可而止哦。」

柚香說完這最後一句話後，完全消失在水氣的另一頭。

我朝她的反方向走。當我看到溫泉的外緣時，一陣風伴隨朝陽吹來，驅散了水氣。

溫泉恢復成原本的普通大小，不見任何人影。眼前是遼闊的竹林，背後是那座山崖。和泉蠟庵就坐在我脫下的衣服旁。他一看到我，邊打哈欠邊說道：

「你終於回來啦。」

「因為聽說那邊沒得賭博。」

「這樣啊。那她應該強行把你帶走才對。」

我決定穿上衣服返回旅店。和泉蠟庵說他要泡個澡，就此留在那處溫泉地。我們向老闆借爐灶一用，自己張羅早飯。

離開那座村莊後，我們接著旅行了十天，終於抵達原本要去的目的地。果然如同傳聞所言，溫泉品質絕佳，且風景宜人。附近幾家旅店，個個待客親切，菜餚可口。在那裡沒遇上任何怪事，身心皆得到徹底的放鬆。和泉蠟庵時而調查溫泉的功效，時而四處走訪，看附近有無名勝古蹟。

回途我們本想順路到先前誤闖的那處神祕溫泉村看看。人就是無法記取教訓，明明遭受過村民的冷言對待，被迫吃那種難以下嚥的飯菜，但我還是很懷念那片竹林。不過，這次我們只決定路過看看就好，不打算投宿。

但始終找不到那座村莊。我們走的確實是那條路沒錯。有山也有竹林，但沒有屋舍，也沒有瀰漫全村的溫泉氣味。正當我納悶不解時，和泉蠟庵見旱田有翻土的痕跡。雖已荒廢許久，但田埂上堆著黃土。

我們向一名路上遇見的商販詢問這一帶是否有村莊。

「很久以前好像有。我祖母曾經告訴我這件事。後來好像是山崖崩塌，屋舍全部都被壓垮了。」

經他這麼一提，我望向那座山，發現它與我印象中的輪廓有所不同。似乎是山崖崩塌，溫泉也就此全毀，不過那是很久以前的事了。但我們明明幾天前才在那座村莊投宿過，這樣根本就兜不攏。難道我們是在作夢？不過，這種怪事早已司空見慣，所以我也沒太在意。

平安抵達都城後，我們前去向旅遊書的出版商打聲招呼，一起喝茶聊天，領取佣金。現在我荷包滿滿，滿心雀躍，打算賭一把翻本。不過在那之前，我想先做一件事，於是我休息一晚後，啟程前往我的故鄉。

我在那處溫泉地的遭遇是否真有其事，連我自己都不太有把握。不過，如果那不是夢，那名少女現在應該還待在同一處地點。

我兒時居住的村落位於山腳。有一大片梯田，蓄滿田水的水面上映照著天空的浮雲。孩子們在小河裡抓魚玩樂，歡笑聲遠遠地傳來。自從父母死後，我已許久不曾返鄉。這條路有這麼小嗎？老舊的鳥居、布滿青苔的岩石，仍是我熟悉的模樣，我應該曾經和柚香一起在這附近奔跑。

我往山上走去。道路變得愈來愈險峻。不久，我看到山上那孤影挺立的杉樹。所幸它沒遭人砍伐，也沒枯死，還是一如往昔。我往崖下窺望。要是失足跌落，肯定小命不保。也許頸骨會應聲斷折。我找路爬下山崖，撥開草叢，來到那棵杉樹底下。我忍受著野草的濃重氣味，在地面尋找。雙手握住野草，用力拉扯，翻起地上的泥土。

距離當時已經有好長一段歲月。我也不確定現在是否找得到。轉眼天空已蒙上一抹紅霞，暮色輕掩。我全身滿是汗水、泥濘、草漿，狼狽不堪。連指甲縫裡也滿是泥土。正當我準備放棄時，我從泥巴中發現一個白色碎片。像是人骨的東西逐漸浮現，最後終於露出整個頭蓋骨。這裡就是柚香的喪命處。我發現她的遺骨，想帶回去歸還她母親。因為柚香的母親依然健在，目前應該獨自住在村裡。

她的頭蓋骨完好無缺，仍保有原貌。我清除淤積在眼窩裡的泥巴，以自己的衣服替她把表面擦除乾淨。

我以手掌包覆那顆頭顱，從正面仔細端詳。在夜空的明月照射下，頭骨散發著白光。那是我雙手手掌剛好可以整個包覆的大小。確實是小孩的頭顱沒錯。

當我以手掌感受其形狀時，突然想起柚香的臉。

水亮的大眼。

好勝的雙唇。

烏黑亮麗的頭髮。

給人好感的臉型。

身上舊衣的圖案。

我們在柚香家後院吵架。她拉著哭哭啼啼的我，一起走在滿是蜻蜓飛舞的路上。就連過去那些忘了也是理所當然的記憶碎片，此刻也全都一一浮現腦海。

我和柚香在那裡駐足良久。

我們一起坐在草地上，聆聽蟲鳴和樹葉在風中的窸窣聲。

稍頃過後，我站起身，以衣服裹好少女，邁步離開。

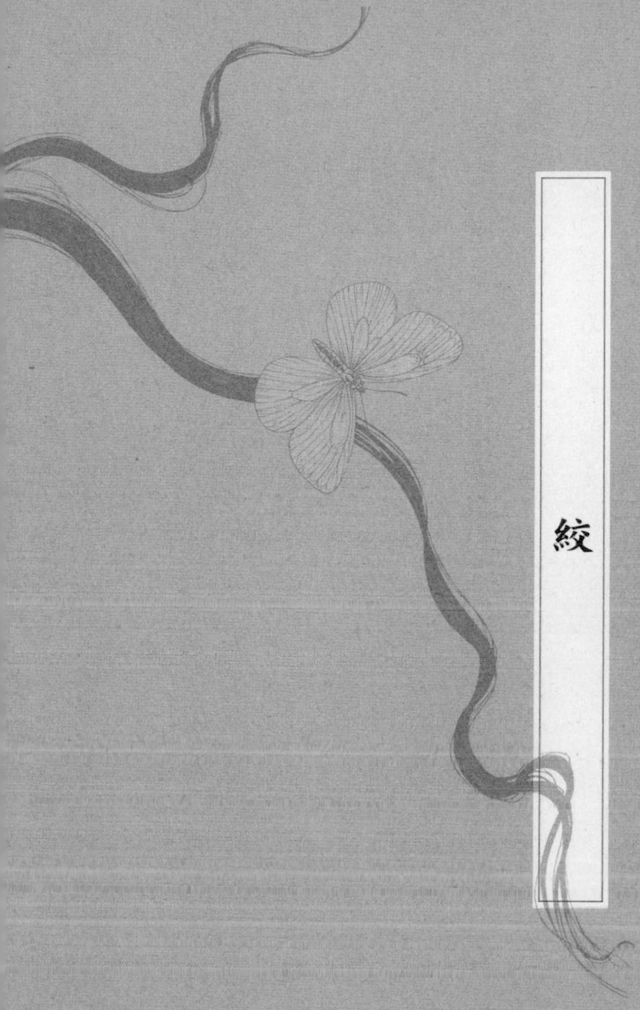

絞

二

倘若有旅人從袋子裡取出線裝書來看，我就會不由自主地盯著對方瞧。因為我很在意那會不會是我的友人和泉蠟庵所寫的旅遊書。

雖然身為他的隨從，替他背行李，造訪各處溫泉地，但我還是不習慣旅行。我一直無法忍受蟲咬，也記不住那些能吃的草叫什麼名字，長什麼樣子，方言不管聽再多遍，還是聽不懂。我原本是個很懶惰的人，不管什麼時候，處在何種情況下，我都只想躺在房間裡喝酒。就算聽到有人喊「失火了」，我一樣嫌麻煩，一點都不想動，直到真的感覺到火的熱度為止。儘管如此，我還是會陪同和泉蠟庵一起旅行，因為這是我的工作。前些日子我賭博欠了賭債，請他幫我還錢，所以現在只能乖乖聽他差遣。

在旅行的過程中，遇過形形色色的人。曾經在茶屋休息時，認識一對父子，與他們意氣相投，後來成為旅遊夥伴，一起同行了一陣子。這對淳樸的父子，看起來很良善。不過與他們道別後，我檢查行囊，發現我重要的東西全部不翼而飛，這才明白是被那對父子偷走。

也曾在幹道上遇見兩名坐在地上，一臉愁容的男子。他們是代為參拜的旅人。所謂的「代為參拜」，是住同一棟長屋的人集資抽籤，抽中的人代表眾人前往知名神社參拜的一種做法。然而這兩人在途中把眾人集資得來的錢全賭光了，正不知如何是好。「賭博要適可而止」我提出忠告，他們回答「是」「您說得一點都沒錯」，一副深切反省的模樣。和泉蠟庵找來了草蓆和水勺，送給他們。

「這麼一來，就算身無分文，一樣能旅行。」

捲成一捆的草蓆，意思是露宿野外，提醒他們別住客棧。水勺則是可以用來喝水，或是向人要錢、乞食。背著草蓆、手持水勺的人，都是貧窮的旅人。以這身打扮前往神社參拜，會被視為修行者，世人都會親切對待。

「只要你們懂得反省，有毅力、能吃苦，那就在橋下或寺院的屋簷下過夜，接受人們的施捨，繼續展開你們的旅行吧。」

和泉蠟庵說完後，那二人組深深低垂著頭。

此外，我們遇見的也不全是人類。

為了寫旅遊書，我們持續展開造訪溫泉地之旅，而事情就發生在旅行中的某天。我與和泉蠟庵決定在宿場町附近的茶屋稍事休息，順便用餐。茶屋裡能吃的東西，不光只有丸子，有些店家甚至會提供蔬菜拌飯、烏龍麵、蕎麥麵、串燒豆腐等。有時會在這種地方發現獨特的地方美食，每當茶屋裡擺出沒見過的食物，和泉蠟庵一定會點來品嘗。

然後寫進日記中，以備日後寫書之用。

這天和泉蠟庵在菜單上發現從未聽聞的食物，因而點了一份。我還是決定點茶泡飯比較保險。所謂的茶泡飯，是以白飯泡茶。我正坐在椅子上扒著飯，不知何時，腳邊來了一隻白雞。牠雙眼緊盯著我正在吃的茶泡飯，一動也不動。

「你想吃嗎？」

我向牠詢問，那隻白雞微微叫了一聲。聲音像笛聲般清亮。我留下一些剩飯，把碗擺到白雞面前。牠的脖子比普通的雞還來得細長。打從看到牠的第一眼，我就知道牠是一隻母雞。牠就像在道謝般，低下頭，開始啄食碗裡的飯。我問茶屋老闆，這隻雞是不是附近居民所飼養。老闆搖搖頭，說他是第一次看到。還說牠可能是因為前幾天那場大風，從遠處吹來這裡。

離開茶屋後，我與和泉蠟庵再次走在幹道上。走了一會兒，感覺背後有動靜，我回身一看，發現剛才那隻白雞緊跟在我們身後。我與和泉蠟庵互望一眼，不知該如何是好，但最後還是決定不予理會。白雞一直緊跟在我們後頭。本以為在旅店住上一夜，等天亮後，牠應該就會消失了，但最後我們卻是在雞啼聲中醒來。牠似乎在旅店的庭院待了一晚，一直在等我們離開。

白雞站在我們身旁，就此和我們一同展開旅行。穿越人多的場所時，牠都差點被人踩著。不得已，我只好一把抓起牠那覆滿白羽的身軀，抱著牠走。

我替牠取名紅豆。原因有二。一是我喜歡吃的羊羹，用的就是紅豆餡。二是這隻雞曾經發現從農夫的手拉車上掉落的紅豆，上前啄食。當時牠好像是一面走，一面啄食紅豆，結果轉向另一處轉角，和我們走失，等我發現時，已不見牠蹤影。「沒想到就這樣跟牠揮別了。」我與和泉蠟庵笑著說道。這時，後方傳來一陣急促的雞叫聲。不得已，我們返回原路查看，發現那隻白雞一直在轉角處繞圈。牠一見我們走近，便使勁振翅朝我們奔來。牠的羽毛潔白如雪，外觀煞是好看，甚至呈現出一股優雅的氣質，不過這隻雞有點憨傻。

與紅豆同行後，我們的旅行變得出奇順利。雖然在路痴和泉蠟庵的帶路下，還是會來到不知名的地方，但我們既沒受傷，也沒生病。不過，旅途總會伴隨不少辛勞。在某個滂沱大雨的日子，我們抵達一座奇怪的漁村，被迫在那裡盤桓數日。

二

在攀登山路時，大雨驟降，我與和泉蠟庵從行囊裡取出以桐油紙做成的折疊雨衣，披在肩上。用它多少能遮風避雨，但走在我們腳下的紅豆就可憐了，我們濺起的泥水全往牠頭上招呼，一身白羽被染成了褐色。我看了不忍，一把將踩著碎步快走的紅豆抱起，塞進袋子裡，背著牠走。牠從袋子裡探出頭來，睜著渾圓的眼珠，抬頭仰望我。

「大海好像離這邊不遠。」

和泉蠟庵以不輸雨聲的響亮聲音說道。雨滴打向我們的身軀，眼前只看得到濛濛靄氣。窄細的道路兩側樹木相連，明明是白天，卻暗如黑夜。豎耳細聽，傳來像地鳴般的隆隆聲響。那肯定是浪潮聲。

我們在雨中繼續攀登山路。這時，道路突然中斷，來到一處沙灘。灰色的大海，洶湧的波濤打向岸邊。

「為什麼會來到海邊？」

我們應該是在攀登山路才對。從山腳走向山頂，途中完全沒走過下坡路。但上坡處竟然會有大海，這不是太奇怪了嗎？這麼一來，大海不就位在山頂上嗎？海水不是會順坡而下，使得整個山腳浸泡在海水中嗎？雖然如此不可思議，但這是常有的事。

「都是我這個路痴害的。抱歉。」

和泉蠟庵一臉歉疚地說道。

「這種不合理的事，我早習慣了。」

「凡事不該太過執著。」

「我學到的是，凡事不該想太多。」

「更重要的是得先找到今晚的落腳處。在大雨中露宿，那可吃不消啊。」

我捧著裝有紅豆的行囊，跟在和泉蠟庵身後。不斷吞噬雨水的這片洶湧大海，它的可怕令人心底發寒。我身體發冷，浪潮聲不斷在我腦中迴響。慣於旅行的和泉蠟庵，雖然外表看來柔弱，其實身子骨出奇地強健。我雖然看起來比他有力，但其實比他更容易感到疲累。在疲憊和寒冷的雙重夾擊下，我無力地走著，心裡直想哭，這時，我覺得手中的行李愈來愈溫暖。原來是全身覆滿羽毛的紅豆，牠的熱氣隔著行李向我傳來。這幫了我一個大忙。

沿著一旁的大海往前走，我發現前方立在沙灘上的木樁以及繫在一旁的小船。繼續往前走，看到屋舍聚集的村落。在昏暗的天空下，看得出村裡有二十幾戶人家。每戶人家在門口旁邊都纏著漁網，不讓漁網被風吹跑。

我們就近敲著一戶人家的大門。詢問前來應門的村民，哪裡可以供我們投宿。村民說，這裡沒有旅店，不過在村郊有一座空屋，你們可以去那裡過夜。此事我是後來聽和泉蠟庵說明才明白。因為那位村民操著一口濃濃的鄉音，我完全聽不懂他說的話。

我們在村民的引領下，來到那座位於村郊的屋子。途中先拜會過村長，請他同意我們在那座屋子裡借住一宿，並保證絕不會添亂。

那座屋子空間不大，還會漏雨，但好歹比露宿野外來得強。裡頭空空蕩蕩，沒半樣家具，天花板角落結著蜘蛛網，四周一片漆黑，像塗抹了煤灰一般。入口一帶是土間[8]，屋內則是高一階的木板地。木板地上積著厚厚一層灰，觸感粗糙。聽村民說，幾年前這裡住著一對老夫妻，但自從兩人過世後，屋子就一直空著。這也是事後和泉蠟庵告訴我的。

卸下行李後，羽毛被泥水染成褐色的紅豆從裡頭竄出，發出笛聲般的啼叫。可能是覺得冷，牠全身簌簌發抖。和泉蠟庵看到設置在土間上的爐灶，以及丟在一旁的木柴，馬上開始生火。

「這裡有茶鍋，也有碗。我們來燒水喝茶吧。」

他如此提議。我則是感到全身疲憊，坐在土間和木板地之間的台階上。這時我突然有種奇怪的感覺，轉頭而望。

四周一片悄靜。每當漏雨處滴水，地板便會發出咚的一聲。那處木板地已腐朽，轉為青綠色。除了我、和泉蠟庵、紅豆外，屋裡再無旁人，也無處藏人。但我總覺得有人在看我。

屋裡的牆壁單純只是以木板拼貼而成，所以到處都是縫隙。會是有人從縫隙窺望嗎？雖然疲憊，但我還是站起身，到外頭巡視一圈，沒看到半個人影。但那種有人在偷看的感覺，卻始終揮之不去。甚至感覺愈來愈強烈。而且不是只感覺到一道視線，而是像屋裡有二、三十人，目光全部往我身上匯聚般。

「你會不會覺得不太對勁？」

我問和泉蠟庵。

「比如呢？」

「有種被一大群人監視的感覺……」

「是你想多了。」

他以原屋主使用過的茶鍋燒煮熱茶，注入碗裡。

「喏，喝了它吧。」

他把碗遞給我，茶的熱度傳向手掌後，我心中的不安略微得到紓解。我把碗湊向唇邊，深吸一口茶的芳香，正準備啜飲一口時，我發現茶水的表面上映照著一張人臉。那張臉就像木雕似的，空洞沒有表情。我大吃一驚，雙手一滑，碗就此掉落。灑出的茶水在土間擴散開來，在我腳下的紅豆似乎被我嚇了一跳，頻頻振翅。

「剛才有一張臉！」

8. 譯註：日式住宅入門處未鋪木板地的黃土地面。

我激動大叫，但和泉蠟庵始終很冷靜。

「你的意思是，茶裡映照出一張人臉嗎？」

「沒錯，那不是我的臉，也不是你的臉。」

「嗯，你看到的，該不會是那樣的臉吧？」

和泉蠟庵語畢，指著天花板。我這才發現打從剛才便一直覺得不對勁的感覺是從何而來。

天花板和牆壁一樣，是由木板拼貼而成。木板的木紋形成扭曲的複雜條紋，當中有些部分會讓人聯想到人臉。那就是剛才映在茶中的人臉。

我特別注意觀察四周，發現屋內的牆壁、地板、天花板的木紋有無數個讓人聯想到人臉的條紋圖樣。木紋的濃淡、年輪的條紋，兩者在偶然的組合下，看起來與人臉有幾分相似。而且形成多種不同的模樣，有老人的臉、孩童的臉、年輕女子的臉、像惡鬼般兇惡的臉。我一直覺得有人在看我，似乎就是因為這個。

「我早發現了。不過那只是木紋。」

和泉蠟庵如此說道，啜飲著熱茶。

「耳彥，這在國外稱之為『派睿里亞』[9]。算是錯覺的一種。有時候雲的形狀、脫下的衣物縐摺、岩石表面的陰影，看起來都像人臉。」

然而，我覺得這座屋子不一樣。與其說木紋看起來像人臉，不如說那明顯就是人臉。也許它們會趁我移開目光時偷偷眨眼，或是改變表情。愈是這麼想，那些人臉愈是清楚。話說回來，那些看起來像人臉的木紋，在這小小的屋子裡，竟然有十到二十個之多。會有這樣的巧合嗎？我向和泉蠟庵提到此事，但他只用一句「你想太多了，耳彥」，便將我打發，然後蓋上擺在屋內角落的棉被，就此呼呼大睡。紅豆縮在生火的爐灶旁，長長的脖子伸進翅膀裡，靜伏不動。那天晚上我遲遲無法入眠。在爐火的照耀下，牆上和天花板的臉孔在陰影中搖曳，我一直緊盯著它們瞧。不過，問題並非只有屋裡的木紋。

三

即便是同樣的蔬菜，形狀和味道也會因產地不同而有差異。例如蔥。說到某地的蔥，算是綠葉蔬菜，而且綠色部分也會入菜。但換個地方，就算想種植同樣的蔥，但綠葉的部分總會遭受霜害。不過相對的，這地方所產的蔥，根白的部分頗長。而這地方所

9. 編註：原文寫作「パレイドリア」，也就是英文中的「Pareidolia」，即為「幻想性視錯覺」之意。

說的蔥，指的是吃根白部分的一種蔬菜。
雖說食材的形狀不同於平時所見，但在旅途中面對別人提供的菜餚，沒有說不的權利。一來這樣對對方失禮，二來，抱持封閉的態度無法拓展自己的見識。沒錯，我當然也明白這個道理。
在這座漁村，都是以魚當食材，所以我也應該吃同樣的食物。村民好心為我們送來魚乾，但我卻不知如何是好。
一夜過去，雨已停歇，但天空仍留有雲朵。大海仍是一片暗灰色，波浪起伏，整座漁村看起來蕭瑟冷清。我、和泉蠟庵、紅豆，正準備啟程時，村民前來探望我們。似乎是送來他們所做的魚乾要給我們當早餐，我們很是感謝，但問題是那魚的形狀。
經過日曬後的魚乾，散發陣陣芳香。那魚的臉總覺得很像人臉。額頭到鼻子的形狀、像眼皮和嘴唇的構造、骨頭的形狀，都與人類別無二致。我定睛細看後，發現牠頭的部分還有像乾燥後的頭髮。我們收下兩尾魚乾。一尾長得像男人，另一尾長得像女人。由於已曬得乾乾癟癟，兩尾的臉孔看起來都很像老人。這算不上什麼大魚，所以牠們的臉就像手掌般大，就是這樣才更顯怪異。
村民好像是對我們說「儘管吃，不用客氣」，但我一看到那魚的模樣，便感到噁心想吐。和泉蠟庵說，村民告訴他，這一帶捕捉到的魚全是長這個樣子，不過味道鮮美，他們常吃。村民回去後，我還是不敢吃那些魚，不過和泉蠟庵倒是戰戰兢兢地啃起了魚背。

「真的很好吃。」

和泉蠟庵左手抓住那張乾癟的女性臉龐，右手握著尾鰭一帶，以門牙咬向魚肉。

「吃這種東西真的沒關係嗎？」

「用不著想那麼多。這只是長得像人臉罷了，是普通的魚。」

「吃了會拉肚子哦。」

「這村裡的人都吃這種魚啊。」

吃完後，和泉蠟庵把魚骨丟進爐灶裡。只剩骨頭的魚頭，在失去身體後，看起來簡直就像人頭一樣，和泉蠟庵這樣隨手把它丟進爐灶裡，感覺很不敬。這時候該挖個洞，像對待死者一樣，加以安葬供養才對吧。

「那種魚你竟然可以若無其事地吃下肚，你實在太怪了。」

我拒絕吃另一條魚，所以和泉蠟庵用紙將牠包好，放進行李中。

「又不是在吃人，有什麼關係嘛。」

「那種魚也許是人類轉世而成，才會長那種臉。而你卻把牠吃了。」

「原來如此，你相信人死後會轉世重回這個世界是吧？」

「我曾聽人這樣說過。」

「不過，那只是臉長得像人的普通魚啊。」

我們做好上路的準備後，就此啟程。途中先繞往村長家，向他答謝昨晚讓我們借住一宿的恩情。昨天因為下雨的緣故，我沒發現，這座漁村瀰漫著一股詭異的氣氛。與昨天在那座屋子裡感覺到的無數視線很類似。就像四面八方有人在監視一樣，說不出的駭人。「該不會……」我心中如此暗忖，仔細環視四周，發現一旁的樹木表面浮現出人臉。那不是真正的人臉。就只是表面的裂痕，看起來像人臉罷了。而且不只一個。有些是樹洞形成眼睛，構成一張面無表情的臉，有些是因雨痕的緣故，看起來像一張哭臉。此外，看起來像人臉的，並非只有樹的表面。地面形成的水灘、花朵叢生的地方，只要留心細看便會發現，花瓣的顏色濃淡、昆蟲身體的模樣、掉落地上的樹果形狀，所有東西都呈現出人臉。

「這個村莊好像就是這樣。」

和泉蠟庵一派輕鬆地說道。但我實在無法保持平靜。這裡以前一定是座戰場。死了許多人，所以這座村莊遭到詛咒。我如此堅稱，和泉蠟庵聞言後哈哈大笑。不管有沒有人臉，紅豆似乎都不在乎，牠的雙腳快步在我們兩人之間行進。有時路上發現昆蟲，就算背後長著人臉，牠也不為所動，毫不留情地加以啄食。

要前往隔壁村，得沿著山坡往上走。不久下起雨來，我們再度披上雨衣。只要今天能趕到隔壁村就行了。我們一面聊一面趕路，但走著走著，道路竟然中斷。

四周彌漫著濃濃的土味。因為昨天那場雨，山坡崩塌，掩埋了道路。順著斜坡沖下的大量土沙中，夾雜著被連根拔起，整個倒轉的樹木，以及靠人力無法推動的巨岩。我們討論後，決定原路折返。雖然很不想重回那座漁村，但沒其他路可走，這也是無可奈何的事。

重回村莊時，雨勢愈來愈強，我們的身體又濕又冷。我把紅豆裝進行李中，和昨天一樣來到海邊。沙灘的盡頭處有一座岸壁，形狀複雜的突尖岩石，以相互嵌合的形狀擠在一起。浪頭打向岩壁，濺起夾雜白色氣泡的飛沫。和泉蠟庵指著那一帶說道：

「你看。魚卡在裡頭了。」

大浪送來了五條魚，打進岩石圍成的空間中，無法逃離。海水從岩縫間流出，但是像魚這樣的大小，卻卡在裡頭出不去。每條魚都拚了命扭動掙扎，臉長得就像人類一樣。這些還沒被曬乾的魚，臉部皮膚油亮光澤，連年紀和性別都看得一清二楚。每條魚都睜大著眼睛，眼珠都快掉出來了，嘴巴一張一合，痛苦地喘息。牠們似乎想翻越岩石，重回大海。當中也有長得像孩童的魚，流著淚，死命擺動身體，一再彈跳，身體在嶙峋的岩石表面摩擦，皮破血流。一條臉長得像女人的魚，露出哀求的眼神，極力想翻越岩石，渾身是血。豎耳細聽後發現，在浪潮濺起飛沫的聲響中，隱隱夾雜著魚兒們的聲音。不成人話的痛苦呻吟，從魚兒們張開的口中發出。我從沒聽過會發出聲音的魚。這裡宛如地獄。人們要是在地獄裡活生生丟進滾燙的鼎鑊裡，肯定就是這幅光景。思緒至此，我不禁替這些魚感到悲哀。

四

我們回到漁村後，告訴村長道路因土石崩塌而無法通行的事，再次徵得他的同意，在昨晚那家民宅過夜。之後接連數日，我們都沒離開漁村，因為我跟和泉蠟庵都染了風寒，全是那天下雨淋濕的緣故。我們連起身都有困難，只能躺在被窩裡望著天花板的木紋人臉。

一位好心的村民前來照顧我們，但她準備的食物我實在無法下嚥。這漁村的居民吃的大部分都是海鮮，很少有米飯或蔬菜，但問題是每樣食材都有人臉。就連煮好的米飯，只要細看便會發現凹凸的白色表面看起來活像是人的五官。甚至有的米粒長有向外挺出的耳朵，以及像是頭髮的細毛。只要看過一次，便會覺得碗裡的白飯全是一顆顆小人頭所匯聚而成。就連青菜和海邊撿來的貝類也一樣，只要細找，便會從中看出人臉。

煮好的芋頭，看起來簡直活像是閉著眼睛熟睡的嬰兒。

而最駭人的，莫過於村民在家裡宰殺活魚的那一幕。和泉蠟庵當時睡著，沒看到那一幕，我雖然躺在被窩裡，發著高燒，意識模糊，但還是一直睜開眼睛。擺在砧板上的魚，長相像是個年約三十的女性。當菜刀抵向牠脖子時，牠臉上滿是驚恐之色，極力想要逃脫。但村民無情地以菜刀加以敲擊，那隻魚就此不再動彈，接著村民俐落地剖開魚腹。村民用手掏出魚的內臟，手指全染紅了。內臟被丟進桶中，但那時我發現一個奇怪的東西，惴惴不安地向村民喚道：

「那是什麼……？」

我伸長手臂，指著桶子。村民從桶中抓起魚的內臟，臉上納悶的表情寫著「這東西怎麼了嗎」。村民手中的內臟，懸著一個東西，活像是以臍帶相連的胎兒。很久以前我見過人類的胎兒，所以我絕不會看錯。雖然那東西形體不像人類，反倒比較像幼魚，長得白嫩光滑，但是從魚腹中取出的這個東西肯定是胎兒沒錯。這不可能是魚。魚是卵生動物，不可能以臍帶和內臟相連，以胎生的方式誕生。

村民完全沒注意到我的恐懼，將切好的魚肉放入煮沸的熱鍋中。那個保留最後表情的女性頭部，也一起落入鍋內，蓋上鍋蓋，熬煮半晌後，散發出鮮美的香味。

「想那麼多幹什麼。別把牠們當人看不就得了嗎。」

和泉蠟庵對一直耿耿於懷的我如此說道，將村民準備的飯菜全吃進肚裡。我多次以筷子夾起白飯，想要送入口中，但最後終究還是辦不到。儘管因為空腹而開始頭暈眼花，但我還是不想吃，體力始終無法恢復。另一方面，和泉蠟庵可能因為補充了營養，很快便康復，他能起身後，便開始到漁村散步，打發時間。

「紅豆，你也出去玩吧。」

我見紅豆在土間遊蕩，從被窩裡向牠喚道。紅豆也跟和泉蠟庵一樣，若無其事地吃了那些像人類的米粒，所以活力充沛。牠走出屋外後，傳來外頭孩子們的歡笑聲。這漁村也有幾名孩童，他們看到紅豆，覺得很稀奇。為了看紅豆，他們守在屋外，因為有可能會被我傳染，他們挨大人一頓罵。這個漁村好像沒有雞、豬、牛、馬這類的動物。孩子們打從出生以來，從沒見過雞這種動物。

這漁村裡的孩子應該不知道他們平時吃的魚長得有多怪異。我躺在被窩裡思索此事。在這個村莊，那東西就是魚。人們吃牠應該不會有罪惡感，也不覺得殺牠有罪。我開始猶豫該不該吃。我無法像和泉蠟庵那樣，很乾脆地當牠是普通魚。也無法想作是普通的蔬菜、普通的穀物。我逐漸覺得這漁村裡的一切事物，都有某個東西棲宿其中。我益發認為自己不該吃這些東西。

這座漁村裡的魚和米，一定是人類轉世而來，或是原本該投胎為人。如果殺了牠們，吃進肚裡，那就如同是吃人一樣。我心底如此深信不疑，所以始終抱持一股罪惡感。

和泉蠟庵似乎認為我這種想法是受某種宗教的影響。而另一方面，他認為這就像蔬菜的形狀會隨著栽種的地方不同而有所差異一樣，那些東西不是人類，只是一般的食材。究竟孰是孰非，我根本無從判斷。

感染風寒都已經五天了，我還是一樣臥病在床，無法起身。我有生以來第一次感受到如此強烈的飢餓感。連手指都開始發麻。身體狀況一天不如一天。和泉蠟庵看我什麼都不吃，忍不住訓斥我。但我腦袋迷迷糊糊，聽著他的聲音，我已分不清真的是他在罵我，還是我在作夢。總之，我當時的情況連要睜開眼皮都有困難。

睡著睡著，突然有熱粥流入我口中。村民抬起我的頭，和泉蠟庵則是拿著裝有熱粥的碗往我嘴裡倒。我使足力氣將他們的手甩開。手指伸進口中，將吞進肚裡的東西全嘔了出來。和泉蠟庵望著我，一臉愁容，不知在低語些什麼。可能是在說「你兩頰都凹陷了」或是「再不攝取營養，你會沒命的」。但我的耳朵和腦袋都逐漸麻痺，聽不懂他在說些什麼。我不禁懷疑他也變成這座漁村的人，說著我聽不懂的方言。

我躺在被窩裡望著天花板和牆壁，可能是空腹的緣故，木紋的紋路看起來像在搖曳。我多次與木紋中的人臉四目交接。我這才發現，我已有好長一段時間沒眨眼了。我會就這樣一命嗚呼嗎？我茫然地思索此事，心中萌生怯意。這時，我發現有個東西可以讓我不必餓肚子。也就是說，我想到有個能吃的東西就在我身邊。

我從被窩裡起身，叫喚那隻在庭院裡遊玩的白雞。紅豆、紅豆，到我這邊來。那隻漂亮的白雞微微發出笛聲般的叫聲，朝我走近。牠睜著烏黑的大眼珠，望著從被窩裡起身的我，面露擔憂之色。這隻白雞可能隱約也感覺到我身體狀況不佳。

我輕輕以雙手抓起牠那覆滿白色羽毛的身體，抱在懷中。紅豆似乎還不明白我意圖，一臉納悶地側著頭。可能是牠剛才一直在戶外玩的緣故，白色羽毛濃濃散發出陽光的氣味。

我左手一把抓住紅豆的雙腳，以防牠逃走，右手絞緊牠的脖子。就像在擰抹布一樣地使勁絞緊，紅豆的脖子變得好細，我掌中清楚感覺到牠骨頭的觸感。

紅豆振動翅膀，拚命掙扎。那模樣就像在說「你為什麼要這麼做」。牠的頸骨在我手中發出擠壓的聲響。牠死命抵抗，想要逃脫。我不想死。我不想死。我不想死。牠這股意念不斷向我傳來。

不久，手中傳來骨頭斷折的觸感。紅豆的身軀就此癱軟垂落。

我扯去牠的羽毛，放在砧板上，以菜刀斬斷牠的脖子，把頭丟進桶中。放完血後，剖開牠的肚子，取出內臟，將肉切塊後丟進鍋裡煮。我將紅豆的肉送入口中嚼食，一股香味在舌尖擴散開來，力量頓時從體內深處湧現。吃完後，紅豆全身只剩雞骨，這時和泉蠟庵從外頭返回。他看到紅豆散落一地的骨頭和丟棄在桶內的內臟，便明白我幹了什麼好事，以不屑的眼神望著我。

之後又待了兩天，我才恢復原本的體力，得以離開這座漁村。要是沒吃那隻白雞，我恐怕會活活餓死。在離開村子前，我都沒跟和泉蠟庵說話。他似乎對我的行徑很不高興，而我也作好心理準備，我們兩人的關係恐怕是到此為止了。但離開漁村，順著來時的路往回走時，我們又開始有了交談。走在山路中，我發現懸掛在樹枝上的柿子，確認到處都沒浮現人臉後，我鬆了口氣，欣喜不已。

接著一如往常，當我們抵達市町，向人提及那座漁村的事情時，都沒人知道有這麼一座漁村。那是在和泉蠟庵迷路的老毛病下誤打誤撞抵達的場所，如果在不迷路的情況下想前往那裡，一定找不到那個漁村。

之後我仍舊與和泉蠟庵一同旅行。過了一段時日，我們又變得和以前一樣無所不談。事情就發生在這樣的某日。

我們在宿場町的一家旅店投宿，我正在整理行囊時，從袋子深處發現了白色羽毛。我將袋子整個倒翻過來，無數根羽毛落向榻榻米上。我拿起一根羽毛，拭去上頭的泥汙。那應該是之前下雨時，我將牠放進袋子裡時掉落的吧。當我將牠掉落的羽毛集中在一起時，手指開始顫抖，心裡突然害怕起來，淚水奪眶而出。我嗚咽啜泣，和泉蠟庵向我遞出一個小小的提袋。裡頭裝有他撿拾的紅豆遺骨。我接過它，緊緊握在胸前。我對自己行徑所產生的恐懼，不斷膨脹。

不存在的橋

衣服勾到樹枝，就此撕破。我把燈籠湊近確認。為了方便行動而捲起纏緊的下襬，已經破裂。四周一片漆黑。太陽已經下山，而且四周淨是樹林，連月光都被遮蔽。打從剛才起，甚至還升起迷霧。我們走在獸徑上，小心不讓土中冒出的樹根絆倒。不久，前方突然為之開闊，眼前出現一座山崖。

這幕光景就像是地面突然消失般。因為黑暗和濃霧的緣故，無法看清山崖下是什麼模樣。道路沿著山崖邊向前延伸，一條險峻的山路。一邊空無一物，在這樣的高度下要是失足，肯定小命難保，另一邊則是逼近的森林，滿是向外探出的枝葉。走了一會兒，和泉蠟庵指著前方說道。

「那裡有座橋。那是一座刎橋。」

有一座橋浮現在濃霧中。從山崖的某一點，平平地往濃霧中延伸而去。

「什麼是刎橋？」

我向和泉蠟庵問道。

「那種構造的橋都是這樣稱呼。」

山崖裡插著好幾根木柱，似乎就是以此支撐住整座橋。沒看到橋墩之類的構造。如果這是一條普通河川，只要在河上立起柱子架橋即可。但這裡是深不見底的崖頂。根本沒有足以充當橋墩的長柱可架設。因此便以插進山崖的柱子代替橋墩。

「插進山崖的木頭稱作刎木。所以這種橋稱作刎橋。」

和泉蠟庵如此說明。每一根刎木都是斜向插進山崖鑿出的洞中。下方的刎木支撐上方的刎木，上方的刎木支撐更上面的刎木。如此一再反覆後，最上面架起了橋。

「被撐起的刎木，比底下的刎木還來得長一些。因為底下有支撐，才能往外延伸。不過，像這麼巨大的刎橋，我從沒見過。一般的刎橋頂多只有幾根刎木。但這座橋卻多達五十根以上。」

和泉蠟庵往崖下窺望，如此低語道。一直到下方深處，都插有刎木。橋面頗寬。我從未見過這樣的大橋。

「這是多虧迷路才湊巧能看到的景象。意外發現可以寫進旅遊書的題材。」

和泉蠟庵這個人是靠寫旅遊書謀生。所謂的旅遊書，是為打算旅行的人介紹道路、溫泉、關隘的位置、投宿方法，以及各地的名勝古蹟。儘管當時道路建設完備，旅行便捷，但仍有很多人不習慣旅行。對初次旅行的人來說，旅遊書應該能帶給他們不少助益。像如此壯闊的刎橋，堪為名勝，值得寫進書中詳加介紹一番。若能提到其他旅遊書沒介紹過的名勝，他的著作或許就能大為暢銷。

「可是蠟庵老師，要把這座橋寫進書中，得先知道這裡是什麼地方啊。」

要是在書中提到有一座很特別的橋，但不知道位在哪裡，這樣會惹惱讀者。我們現在根本不知道自己置身何處。照理來說，我們理應已抵達宿場町才對，但我們尚未看到市町的燈火。會來到此處，純屬偶然。

和泉蠟庵有個老愛迷路的壞毛病。原本是在登山，卻不知不覺來到海邊。在町裡順著階梯而下，卻莫名來到了一座島上。總是遲遲到不了目的地，一再繞遠路。在來到這座山崖前，我們是看著地圖走在平原上。地圖上明明就沒畫出山崖的圖形啊。話說回來，我們是什麼時候爬到這麼高的地方呢？

「用不著愁眉苦臉。」

和泉蠟庵重新背好行囊。

「我們先找村莊吧。因為我可不想露宿野外。這座吊橋等明天天亮後再來看吧。」

語畢，他沿著山崖往前走，我緊跟其後。我也只能跟著他走。我只是個背行李的隨從，當初他替我還清賭債，我欠他這份恩情。

我們很快便找到村莊。既然有橋，附近當然會有居民。那裡有一座小山村。我以燈籠照著腳下，走在呈階梯狀的水田旁。我們就近敲一戶人家的大門，前往拜訪村長家。一旁設有一座大牛舍的宅邸，便是村長家。

「有沒有什麼倉庫可以供我們借住一宿？」

和泉蠟庵與村長展開交涉。我們手上正好有幾天前路過溫泉街時買的當地土產，正好拿來借花獻佛，村長大樂，留我們在他家過夜。

「請兩位住這裡吧。」

我與和泉蠟庵在一位老婦人的引領下，來到宅內一間寬敞的房間。我們朝座燈點亮燈火，放下行囊，揉著痠痛的雙腿，而那名老婦人則開始為我們準備晚餐。她是個臉和手滿是皺紋的女人。背部佝僂，雙腳也不良於行，走起路來相當緩慢。

「我來幫你們鋪床吧。」

「不，不用麻煩了。」我回答道。

「那麼，有什麼需要的話，我人就在那間屋子裡。」

老婦人指著從村長家可以望見的一間老舊小屋。我原本以為她是村長的母親或親人，但看來是到家裡工作的傭人。

「對了，想向妳請教一件事。」

和泉蠟庵向老婦人喚道。

「什麼事呢？」

「剛才我們看到一座雄偉的刎橋。那座橋叫什麼名字啊？」

老婦人靜靜凝睇著和泉蠟庵。本以為她沒聽見，但似乎是我誤會了。老婦人臉上的皺紋加重，雙目圓睜。

「您說刎橋是嗎？」

「嗯，沒錯，刎橋。」

「這就怪了。」

「哪裡怪？」

「因為那是不存在的橋啊。」

我與和泉蠟庵納悶地面面相覷。她說那是不存在的橋，但剛才我們明明才親眼目睹過。

「偶爾會有旅人在夜裡看到。聽說也有不少人在不知情的情況下走過那座橋。不過，不知情走過那座橋的人，都再也沒回來過。」

座燈的燈光不像燈籠用的蠟燭那般明亮。在昏暗中，老婦人的神情緊繃，活像一尊雕工粗糙的木雕像。燈油燃燒的氣味彌漫屋內。

「我不懂妳的意思。那座刎橋到底是怎樣一座橋？」

我如此詢問。老婦人接著道：

「那座刎橋早在四十年前就已經塌毀了。但有時到了晚上，又會出現在山崖上。」

和泉蠟庵在座燈旁拿著針線，想縫補我衣服上的破洞。但是看他拿針的動作，實在不像是箇中老手。在縫衣服前，他沒先在線尾打個結，結果白忙一場。而他也沒發現這樣的疏失，一直埋頭縫補，結果在不知不覺間，針線穿過他自己身上穿的衣服。看來，他連縫衣服時，手中的針也染上他愛迷路的毛病。

「蠟庵老師，你放著就好，不用忙了。」

「可是很可惜呢。」

「反正那只是件便宜貨。」

和泉蠟庵將針線放在榻榻米上。

「都是因為座燈的亮光太暗，害我看不清楚。」

「蠟庵老師，你白天時還不是一樣迷路。所以這和亮度沒關係。倒是刎橋那件事，你怎麼看？」

「還能怎麼看。如果那位老太太說的話屬實，就不能寫進旅遊書中了。唉，真是空歡喜一場。」

我們決定熄燈就寢。在一片漆黑的房內，傳來外頭樹葉的窸窣聲。

「那是橋的幽靈嗎？」

我向和泉蠟庵詢問。已經塌毀的橋，入夜後出現在山崖上，這不就跟幽靈一樣嗎？不過，我聽說有人見過人的幽靈，卻從沒聽說過橋的幽靈。

我平時住的市町，也有幾座大橋。由於是位於平原，當作橋墩用的柱子都立在河中。那是一般的橋，偶爾也會因河上的漂流物撞向橋墩，而使得整座橋就此倒塌。有時斷橋的殘骸順流而下，會一併將下游的橋墩也撞毀。由於損毀的情形時常發生，所以需要一筆資金加以維護，導致有些橋甚至會向人收取過橋費。要是損毀的橋都化為幽靈的話，見過幽靈橋的人應該是不計其數。

和泉蠟庵似乎已傳出打呼聲，沒回答我的提問。我也決定睡覺。我閉上眼，一面回想那座浮現在濃霧中的刎橋，一面思索它是否真的存在。要是走過那座橋，會通往什麼地方呢？

我睜開眼，外頭傳來聲音。那像是有人踩在沙粒上的聲音。我站起身，打開拉門，走向緣廊。剛才那位老婦人就站在門外。

二

夜風冷冽。我背在背後的老婦人一陣咳嗽，她的顫動傳向我背部。老婦人身子骨輕，不像尋常人應有的重量。我感覺就像背著一具人偶。偶爾會傳來老人特有的氣味。從水田走進獸徑後，月亮被枝葉遮掩，四周變得更加昏暗。我憑藉燈籠的亮光前進，右手提著燈籠，左手支撐老婦人的身體。山坡上的樹叢深處傳來像是野獸的叫聲。黑暗中，有枝葉搖晃的沙沙聲。似乎是猴子。我不予理會，繼續前行。和泉蠟庵現在應該還在村長家熟睡吧。

「可否請您帶我去刎橋那裡呢？」

剛才，老婦人在村長家的庭院裡跪著向我請求。

「妳是說那座不存在的橋嗎？」

「是的。」

「為什麼？」

「之前有位和您一樣見過那座橋的旅客，說他在橋上看到人影。」

「人影？」

老婦人深深一鞠躬，額頭幾乎都快貼向地面。

「那座橋塌毀時，死了許多人。」

「是人們在過橋時塌毀嗎？」

「可能是因為下雨的緣故，刎木腐朽吧。出現在橋上的人影，肯定是當時喪命的那些人。」

「真的是這樣嗎？」

「我有證據。」

「什麼證據？」

「那位旅客說過，橋上的人影中，有個孩童的身影。那孩子頻頻摩擦自己的左臂。」

老婦人沙啞的聲音中帶有一絲哽咽。

「那個摩擦左臂的孩童身影怎樣嗎？」

「我認識那個孩子。他一定是我兒子，因為四十年前，我罵了他一頓，還打他的左臂。」

道路沿著崖邊而行。為了避免打滑，我一路上走得特別小心。這時一樣濃霧密布，看不清對面的山崖。我背後的老婦人從剛才起就一直沒說話。只有一股暖意從她輕盈的身軀傳向我背部。雖然現在眼前一片漆黑，但山崖下似乎有河水流過。我事先脫下睡衣，換上外出服。風吹進我衣服的破洞裡，感到陣陣涼意。

「要是當初我沒罵那孩子的話……因為他只知道玩，我一時光火，伸手打了他的左臂。那孩子心裡不高興，於是我命他去跑腿。我吩咐他到位於橋另一頭的隔壁村，去一位朋友家中拿一個包裹。但那孩子走在刎橋上時，竟突然發生那起意外。當時我雖然人在家中，沒親眼目睹，卻聽見轟然巨響。那孩子連同刎橋一同墜入深淵，全是我害的。」

「可是，就算妳現在前往那座不存在的橋，與妳死去的兒子見到面，又能做什麼呢？」

「我想求得他的諒解。我丈夫很早就過世了，我料想也不久於人世。若說我人生有什麼遺憾的話，就只有那孩子了。他之所以會死，全是我害的。若不能求得那孩子的諒解，我死後一定會墮入地獄。」

「地獄是吧……」

人死後，若是生前素行不端，便會墮入地獄，這只是傳聞。我不清楚是否真有其事。但老婦人似乎相信真有地獄的存在。她那皺紋密布的臉，淚眼漣漣，滿是惶恐之色。真教人百思不解。就算她現在無法和她兒子見面，死後不就能見面了嗎？難道她認為，自己死後要是墮入地獄，就無法在另一個世界與兒子見面嗎？

「不過，刎橋的所在地，妳應該還記得才對吧？妳自己去不就行了？」

「以我雙腿現在的狀況，走山路太過吃力。我曾拜託村民背我去，但他們都很害怕那座不存在的橋。沒人肯帶我去。」

「我也拒絕。雖說妳年事已高，但半夜背著人走山路，太吃力了。」

「我當然不會讓您做白工。要是您肯帶我去刎橋那裡，我會給您一筆豐厚的謝禮。」

「什麼！妳以為我是可以用錢收買的人嗎？」

老婦人似乎深感羞愧，前額緊貼著地面。

「那麼，妳說的謝禮有多少？」

不過，我絕不是為了錢才背這名老婦人上山。我是想確認這對母子的親情。此刻緊貼在我背後的這位老婦人，當她與多年前喪命的兒子重逢時，不知那滿是風霜的臉龐會流露何種表情，我很想一觀究竟。而且這算是助人義舉。這麼一來，我日後應該也不會下地獄才對。

不久，前方的濃霧中浮現刎橋的影子。從山崖上的一點往空中水平延伸而去，前端消失在濃霧中。

「那個就是以前存在的那座橋對吧。」

在月光下，可以清楚看見橋的構造。斜斜插進山崖裡的無數根木柱，這就是刎木。底下的刎木支撐著上面的刎木。上方的刎木又撐起更上面的刎木，如此一再反覆。上方的刎木在下方刎木的支撐下，得以往遠方延伸。像這樣一再反覆，刎木逐漸從山崖往外延伸，就此形成刎橋。真虧前人想得出這種方法。

「啊……！」

老婦人發出畏懼的聲音。我來到橋邊停下，放下背後的老婦人。往空中延伸而去的巨大刎橋，給人莊嚴之感。與它的壯闊相比，我和老婦人的身體就像在屋簷下爬行的螞蟻一般。老婦人緊抓著我的衣服不放。她似乎無法獨自站立，不是因為雙腳不良於行，而是因為眼前這座刎橋的緣故。

「就是它，那座不存在的橋。很久以前便崩毀，不應該存在的橋。」

「好雄偉的刎橋。是誰建造的？」

「聽說是很久以前，村民們和鄰村的人一起合力建造。」

老婦人這才鬆手放開我的衣服。我走近那座橋，伸手碰觸它的欄杆。那灰色的老舊木頭，像石頭般堅硬、冰冷。它不像夢境或幻影那般模糊不明，而是確實存在。

「喂！」

我舉起燈籠移至橋上，朗聲叫喚。沒有回應。霧還是一樣濃，不確定橋上是否有人。但確實如傳聞所言，感覺橋上有人。從幽暗山崖間吹來的冷冽寒風中，不時傳來細語聲。不過那或許也是我自己心理作用。

老婦人似乎感到害怕，呆立在離刎橋數步之遙的地方。若是沒能和她兒子見面，這趟就算白來了。我理應可以得到的謝禮，也可能就此泡湯。不，這時候錢的事已經不再重要。老婦人若不能與她兒子見面，那就太教人遺憾了。

我試著站在橋上跳躍，橋身既沒晃動，也沒有會塌毀的跡象，相當牢固。這樣的話應該是不會有問題才對。

「妳在這裡等一下。既然都來到這兒了，我就去看一下，把妳兒子叫來吧。」

我說完後，留老婦人在原地，開始朝橋上走去。

三

我母親老早就已過世。她還沒老到滿臉皺紋，就已早一步因感染風寒而撒手人寰。當時我還小，所以不曾背過母親。只記得母親時常哼歌。

我一步步走在刎橋上。四周霧氣濃重，宛如走在雲中。燈籠的燈光只能照亮我身體四周。橋身寬闊，就算三個人手拉手敞開雙臂，恐怕也搆不著左右兩邊的欄杆。欄杆外沒有地面。底下是濃霧瀰漫的黑暗深淵，深達數丈。

我想起能劇和歌舞伎中，有一部名叫《石橋》的作品。講的好像是一名僧人想走過一座細長石橋的故事。那座橋通往淨土，但是得累積足夠的修行資歷才能過橋。在那部作品中，好像有獅子登場，展現威武的舞姿。這座橋該不會就是出現在那部作品中的石橋吧？雖然它是木頭建造，但就像石頭一樣硬，所以逐漸讓我產生這樣的聯想。只要別跑出獅子來就好了。

我停下腳步。前方的濃霧出現一道人影。但我馬上明白那不是老婦人的兒子。因為人影高大，一看就知道是成人。

「喂，前面有人嗎？」

我出聲叫喚，但對方沒回答。我決定朝對方走近。站在前方的，是一名身穿傳統服裝的中年男子。男子背有點駝，一副窮酸的農民打扮，表情茫然地站著。怪的是他全身濕透，下巴還滴著水。在橋上形成一攤水，水從他垂放的手臂和手指前端、衣服下襬，不斷滴落。

「你這是怎麼了？剛才下雨嗎？」

我向他詢問。男子緩緩搖了搖頭，雙眼凝望遠方。

「那天我溺水……」

男子神色哀戚地低語。他也許在哭泣，但因為原本臉上就濕透，所以看不出是否在流淚。

「溺水？」

「是啊。掉進水裡，然後被河水沖走。」

傳來滴答水聲。

「真是一場浩劫啊。」

「好冷。這裡好冷。」

那名駝著背，模樣窮酸的男子，反覆如此低語，雙手掩面。

「對了，你有沒有看到一名男孩？」

我向他詢問，但男子一直喃喃低語著「好冷」，根本沒好好回我話。我決定不理他，繼續往前走。

吊橋在空中一路延伸。由於霧氣濃重，看不到另一側的山崖，也看不見橋的終點。走著走著，我心裡想，也差不多該來到橋的另一頭了吧，這時，前方又出現一道人影。這次是一名和我差不多年紀，身材清瘦的女子。她雙手搭在欄杆上，望著橋下。她長髮垂落橋外，與剛才那名男子一樣，全身都在滴水。她單腳穿著草鞋，另一隻腳則是打著赤腳。

「請問一下。妳有沒有在這一帶見過一名男孩？」

我湊近向她問道，女子緩緩撥起長髮，轉頭望向我。水從她撥起的長髮滿溢而出，在她腳邊積了一攤水。

「男孩是嗎？」

「是的。那孩子可能一直摩擦著手臂。」

「如果是這樣的話，那天他從我旁邊走過。接著馬上就掉下去了。」

「掉下去？」

「是的。那天發出巨大的聲響，我們就這樣掉落了。」

看來，這名女子說的是刎橋崩毀那天的事。在這裡遇見的人，每個人說話都沒頭沒尾。

「呃……我想問您一件事……」

那名清瘦的女子，咬著發白的嘴唇，望向橋下。

「我已經死了嗎？」

她擺在欄杆上的手，正頻頻發抖。

「不，我不清楚……」

女子顯得很畏怯。我不好意思實話實說。女子低著頭不發一語。她的長髮遮住臉龐。我見她一直沉默不語，決定繼續往前走。

也許這座吊橋根本沒通往任何地方。我開始有這種感覺。濃霧前方除了筆直延伸的橋身外，周遭什麼也沒有。始終看不見另一側的山崖。話說回來，人類有辦法建造出這麼長的橋嗎？站在崖上看，那約莫五十根刎木組成的刎橋，確實很壯觀。但這早超過那些刎木所能支撐的橋身長度。

也許在崩塌前，它是一座普通的橋，但現在則以怪異的形態存在。它在濃霧中不斷向前延伸，只有單邊架在崖上，另一頭沒連接任何地方，形成如此詭異的姿態。

這時傳來一陣腳步聲。是孩童奔跑的聲音。我停下腳步，抬起燈籠細看，發現有個嬌小的人影從前方靠近。我倒抽一口氣，屏息等候對方靠近。不久，我眼前出現一名十歲左右的少年。

「嗨。」

少年向我打招呼，正準備從我身邊通過。

「請等一下。」

我出聲喚住他。

「什麼事？」

少年摩擦著左臂，他手臂皮膚泛紅。
「你那隻手是被你娘打的吧？」
這孩子全身濕透，水滴兀自滴個不停。聽我這麼問，他略顯訝異，點了點頭。
「嗯，沒錯。可是你怎麼知道？」
「你因為老是貪玩，所以你娘訓了你一頓，還打你左臂。後來派你去鄰村跑腿，走過這條刎橋。對吧？」
「嗯，可是我走到半路死了。沒能完成那項跑腿的工作。」
少年以若無其事的神情如此說道，我大為吃驚。
「你知道自己已經死了？」
「當然嘍。從那麼高的地方掉落，怎麼可能活得了。我和斷折的刎木一同掉進河裡，發出好大的聲響。一陣劈哩啪啦的聲音，就像所有東西全被硬生生拆下似的。然後我們全都沉入河底。啊，好冷。」
少年全身發抖。
「因為太冷了，我才會想靠跑步來暖和身子。不過，我都沒回家，我娘一定很生氣吧。」
「不，她沒生你氣。」

「是嗎？我娘她很愛生氣。我雖然死了，這裡還是一直很痛。」

少年摩擦被他母親打疼的左臂，鼓起腮幫子。表情就像在說「根本用不著那麼生氣嘛」。要不是他臉色蒼白，全身濕透，我應該會忘記他已經死了。

「你娘此時人在橋邊等你。現在去的話，或許可以見得到她。」

少年抬頭望著我。睜大眼睛，一副難以置信的表情。

「怎樣？不想見你娘嗎？我可是答應過她，要帶你去見她呢。」

「大哥哥，我跟你走。我想再見我娘一面。」

少年喜形於色，多次開心地雀躍。每次水滴都會散向四周。

我和少年並肩往回走。途中與剛才那名女子擦身而過時，少年在我耳邊悄聲道：

「那個人在村裡有喜歡的人，但是卻落得這種下場，實在可憐。」

此外，少年還記有些旅人曾誤闖這座橋。

「這座橋在晚上時，會像這樣出現在山崖上，有些人不小心闖入。他們不知道這是不存在的橋，想要過橋。但最後不知道都去了哪裡。」

據少年所言，這些旅人都往更遠的前方走去，沒再回來過。

「你知道這座橋會通往哪裡嗎？」

「不知道耶。因為我總是中途折返，在山崖邊來來去去。不過，曾經有一次我走了很遠，想知道它到底通往哪裡。但後來我覺得害怕，又折返回來。」

「覺得害怕？」

「嗯，總覺得前面又暗又冷清。」

我們與一開始交談的那名駝背男子擦身而過，來到橋邊。不久，耳邊傳來陣陣鳥囀，是鳥兒在森林裡鳴唱。風吹向我臂膀。我這才發現剛才在橋上完全無風。風中滿含清晨的氣息。不知從什麼時候起，少年的話變少了。他默默摩擦著左臂。不久，山崖浮現在濃霧中。

四

老婦人坐在崖邊一株松樹下。閉著眼，像在默念南無阿彌陀佛。我向她喚了聲「喂」。她倒抽一口氣，轉頭望向我，顫顫巍巍地起身。一開始她看到我，先是露出畏怯之色。接著目光停在我身旁的少年身上。

少年始終沒離開那座橋。就像腳不能踩向外頭的地面般，來到橋與地面的交界處後，他就此停步，望著自己的母親。少年臉上並未出現我所期待的表情。我原本還以為他會淚流滿面，緊緊抱住他母親呢。但少年卻只是側著頭，注視著老婦人。對了，少年喪命時，他母親應該還很年輕。

「雖然和我印象中的不太一樣，不過這個人……」

他話說到一半，老婦人旋即從我身旁走過，跪向少年跟前。

「噢，孩子啊……」

老婦人發出啜泣的哭聲，執起少年的手，緊緊握住，淚眼漣漣。

「你的手好冷啊。」

「嗯，是很冷。這也是沒辦法的事啊，娘。」

少年向老婦人頷首，接著望向我，再次點了點頭。

「妳是我娘對吧？雖然感覺和我印象中的樣子不大一樣，但我知道妳就是我娘。」

少年讓老婦人緊握他的手，如此說道。

「妳老好多哦。」

他伸手放在母親的滿頭白髮上。

「我從沒忘記過妳。沒想到還能再見娘一面。」

老婦人雙手合十，朝自己兒子膜拜。

「你還是和那時候一樣沒變。」

「嗯，沒錯。和死的時候一個樣。」

「你全身都濕透了呢。」

「因為我是掉進河裡而死。從那之後就一直濕淋淋的。」

「你會寂寞嗎？」

「會啊，不過已經沒關係了。」

「你升天成佛去吧。」

「成佛？雖然不太清楚是什麼意思，不過，如果妳希望我這麼做，我就照妳的話做吧。」

老婦人惴惴不安地抱緊少年。

「我老是叫你去跑腿。」

「娘，妳是不是一直認為我的死是妳造成的？」

「嗯，是啊。請你原諒我吧。」

少年沒回答，開始輕撫他母親的背。

這時，少年後方連向濃霧深處，只隱約看得出形體的橋身前方，突然感覺有人影走近。一個、兩個，人影愈來愈多，成群朝橋邊而來。第一個看到的人影，是剛才在橋上遇見的那名駝背男子。他身後是那名長髮女子。此外還有各式各樣的人。他們全身都在滴水。

「喂……」

我朝站在刎橋與地面交界處緊緊相擁的那對母子叫喚。但他們兩人對我的叫喚充耳未聞。少年剛才一直默默輕撫他母親的背，但奇怪的是，他臉上突然變得面無表情。那張臉就像能劇面具般，雙眼烏黑，沒有眼白。

「請你原諒我。」

老婦人如此懇求。但少年再也不像剛才那樣發出孩童般的聲音。一大群人從橋面處朝少年身後聚集。

「你原諒我吧。」

老婦人想從少年身上離開。這時，少年輕撫老婦人背部的雙手，突然緊緊抱住她。情況不太對勁。我不解地走近那對母子。老婦人放聲叫喊。少年的臉不知何時已化為惡鬼的面相。眼尾上挑，齜牙咧嘴。少年身後的那群人，個個也都是厲鬼的面相。

「放開我！放開我！」

老婦人跪向地面，少年和其他亡靈開始動手將她往刎橋內拉。老婦人不知哪來的精力，甩動雙臂，極力抵抗。我抓住她的手，想救她脫困，老婦人也緊抓著我的手。少年伸手環住老婦人的腰。那名駝背男子抓住老婦人的腳，長髮女子則是拉住老婦人的脖子。

「我不要。我不想去。我還不想去。」

老婦人逐漸被拉走。我的手被她抓住，也一起被往裡拖。再這樣下去肯定完蛋。我把她的手甩開。但老婦人那滿是皺紋的臉為之扭曲，緊抓著我的衣服不放。

「放開我！」我放聲大叫。老婦人令我感到光火。

「放開我！臭老太婆！」

被亡靈拖進橋內，實在太可怕了。我倒向橋邊，十指張開，抓向堅硬的木板。由於老婦人抓住我的衣服，我也逐漸被拖向橋內。

「住手！不要連我也一起帶走！」

我一面抵抗，一面爬行，指尖碰觸到山崖的地面。

頭頂傳來鳥鳴聲，陽光從山脊滿溢而出。不知不覺間已東方發白，迷霧由濃轉淡。看來，已經天亮了。從山的另一頭射來的陽光，一落向吊橋上，便傳來地鳴般的聲響。那是令人打從腹中為之震動的轟隆巨響。吊橋劇烈搖晃。插進山崖的吊木陸續斷裂。那般堅硬牢固的吊橋，如今就像因雨腐朽般彎折，往下傾斜。

橋開始崩落。先是從橋的中央處崩塌。我們所在的橋邊一帶，因為有吊木的緣故，還勉強能保住，但一樣岌岌可危。我腹部底下又傳來幾根木柱斷折的震動。我手指緊緊勾住山崖外緣。如果只是撐住我自己的身體，應該不成問題。但那個老婦人還緊抓著我的衣服。如果只有那個老婦人，那一點也不重，但那些緊抓著她的人也都有重量。他們全都懸吊在後面，我根本撐不住。

終於連橋邊也開始傾斜了。

「放開我！老太婆！」

我踢了老婦人一腳。腳跟擊中老婦人下巴，有種軟綿綿的觸感。但老婦人還是死命抓著我的衣服。嵌合在一起的木頭開始分解脫落，發出撞擊崖壁的聲響，墜入萬丈深淵。

最後那一刻突然到來。只聽見一個震天巨響，發出木柱斷折的聲音，接著山崖的地面與刎橋木板的交界處出現裂痕。我們的身體突然感覺浮向半空，從橋身一直到橋邊，都開始完全陷落。但這時候，我的衣服也開始破裂。昨晚被樹枝勾破的地方，因為和泉蠟庵沒縫好，再加上這些緊抓不放的人們累加的重量，最後裂成兩半，整個被撕破。老婦人慘叫一聲。緊抓著我衣服破裂的一角，連同無數的木塊和一大群亡靈一同落向深深的崖底。

「耳彥！」

我獨自懸吊在崖邊時，耳畔傳來一個聲音。抬頭一看，和泉蠟庵出現在我面前。

「手給我！」

我朝他伸出手。

和泉蠟庵半夜醒來，發現我不在床上，等了許久都不見我回來，於是出門找我。因為我睡前一直很在意刎橋的事，所以他猜測我可能人在崖上，因而前來查看，正好遇見刎橋崩塌。

他拉了我一把，我這才重回平地，感受到地面的觸感。我在地上躺了半晌，調勻呼吸。清晨明亮的天空在頭頂擴散開來。待橋身崩落的聲響結束後，我站起身，往崖下窺望。旭日愈升愈高，霧氣皆已散去。已能看見另一側的山崖，崖底的河流同樣一覽無遺。但根本看不到刎橋的殘骸。也不見掉落的木材堆積，堵塞水流。這裡離另一側的山崖並沒有多遠。山崖看上去是如此寧靜，彷彿原本就一直是這樣。

我出聲叫喚老婦人，但沒有回應。我定睛細看，崖下似乎沒有屍體。唯有岩石上有著一點一點像是昔日用來插刎木的坑洞。

我向村長說明此事，村民們全都知道老婦人那件事，但他們沒人責怪我。我被當作那起離奇事件的不幸被害人之一。

我們離開村莊，再度踏上旅程。

少年的厲鬼面容。那是對活人充滿憎恨的臉。連母子親情都能抹除的怒火。對活人又羨又妒的臉。自己一個人死去，既寂寞又害怕的臉。過去理應有的一切情感和愛，隨著死亡而全部消失。而那名老婦人也不想被帶進橋內，她緊抓著我，而我也以難聽的字眼痛罵她，想一腳把她踢落。這一切都如此駭人。我自己也是那駭人故事的一環。

「勸你最好忘了這件事。」

和泉蠟庵一面走，一面向我說道。

「這世上有些事，與其記得，還不如忘了的好。」

我的腳跟還留有那軟綿綿的肉體觸感。

那是我踢向老婦人時的觸感。

我只想自己活命。

就算得踢落別人也在所不惜。

「我原本只是想見那對母子重逢相擁的畫面。」

「嗯，我明白。」

「我就只是想……」

我一面走，一面不斷喃喃自語，重複同樣的話。

無臉嶺

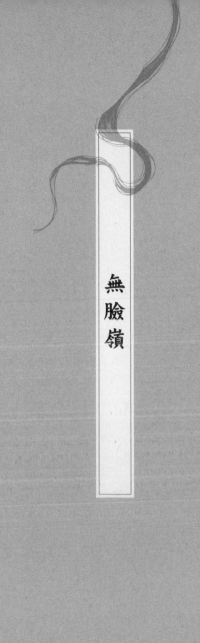

一

幹道整頓好後，遊山玩水的旅行變得興盛起來，人們為了尋求難得一見的風景、美食、工藝品，而展開旅程。旅行的目的因人而異，但當中最受歡迎的，還是非泡湯療養莫屬。

溫泉有各種功效，有的能舒緩關節疼痛，有的能放鬆緊繃的肌肉，有的甚至能讓泡過的人重返青春。聽說不光只是肌膚重返亮澤，而是經過多次浸泡後，發現脫落的牙齒和毛髮都重新長了出來。

「我曾經在山中發現過這樣的溫泉旅館。有名女子和初生不久的嬰兒一起泡湯，結果小嬰兒泡進澡池後，身體愈來愈小，最後消失不見。」

我的友人，同時也是旅遊書作家的和泉蠟庵，曾說過這麼一件事。

「我當時記下那處溫泉的地點，但後來走同樣的路線，卻始終到不了。明明景色一樣，但就是找不到那座溫泉旅館，真的很可惜。要是能在書中好好介紹一番，一定能成為一處名勝。我的書應該也會就此熱銷。」

我受雇於和泉蠟庵，多次和他一同旅行。和他一起旅行實在只有一個慘字可言。原本我不想旅行，只想在市町裡找個工作餬口。像木匠的工作，我也曾嘗試過。但我連一根釘子都釘不好。後來一時失手，鐵鎚敲傷手指，我心裡害怕，不去工作，整天待在房裡喝酒，就這樣被老闆革職。也曾在蕎麥麵店當學徒。但製麵的工作著實累人，而且又常挨罵，於是我心想，蕎麥麵我只喜歡吃，不喜歡做，再度關在房裡喝酒，結果又被革職。我老是這個樣子，所以就算我向市町裡的女人搭訕，也沒人理我，有時她們甚至還會丟石頭趕我呢。沒辦法，我只好聚集附近的孩童，教他們如何製作草笛，但孩子們旋即做得比我還好，比我還會吹，我就此沒有表現的機會，無事可做。幾經蹉跎下，我花光了積蓄，為了籌措酒錢，唯有靠賭博了。雖然之前我曾經因賭而得到慘痛的教訓，但人就是這麼不長進。最後我欠了一屁股債，坐困愁城時，我的朋友和泉蠟庵出面解救我。

「我很感謝你。但這樣實在太過分了。既然一樣是死，我想死在榻榻米上，而不是死在這樣的荒山野嶺。希望這是我最後一趟旅行。」

我拖著沉重的步伐，走在深山裡的獸徑上。我走在不知第幾次的旅程途中。兩旁茂密的樹木，枝葉往中間延伸而來，遮蔽了獸徑的上空。儘管連陽光都被阻擋在外，但暑氣卻未減損分毫。我全身汗如泉湧，額頭的汗怎麼擦也擦不完。路上遭遇成群的蚊子，跑進我的眼睛、鼻子，還有嘴巴裡。四周彌漫著草木濃郁的氣味。竹子做的水筒，裡頭的水早已一滴不剩。

「你太悲觀了。我一點都不會感到不安。我們只是在山裡迷路罷了。」

和泉蠟庵走在前頭，如此說道。

「蠟庵老師，請你也稍微悲觀一點好不好！」

「你也太誇張了吧。要不了多久，我們就能抵達村落。」

「要是再不抵達村落，我們就會直赴黃泉了。」

和嚴重路痴的和泉蠟庵在一起，根本無法有一趟正常的旅行。連不可能會迷路的直線道路，最後一樣迷路。或者是要前往一處預估得花一個月的時間才能到達的地方，卻半天不到就抵達了。

「我不幹了！我再也不幹了！這是最後一次！我要過安穩的生活！」

「勸你最好別大聲嚷嚷。這樣會耗力氣。不過，如果你想早點赴黃泉，那倒是另當別論。」

我與和泉蠟庵精疲力竭，之後兩人一直沉默不語地走在獸徑上。強忍著酷熱和乾渴，挪動步履。我們之間彌漫著敵對的氣氛。不過，只要是一起旅行，吵架可說是家常便飯。我們吵得最兇的一次，是蘑菇事件那一次。和泉蠟庵摘來路旁一朵紅蘑菇遞給我，對我說「你吃吃看」。我吃完後，有好幾天站不起身。「看來蘑菇有毒。我原本打算看你要是吃了沒事的話，我也要吃的。」和泉蠟庵說。換言之，他拿我試毒。聽說之後他在自己所寫的旅遊書中，記載了不少毒菇相關的知識。

走在前方的和泉蠟庵突然停步。

「喂！」

他揮動手臂，朝遠方叫喊。被綠色樹叢遮蔽的前方山壁，有個藏青色小點。是一名穿著藏青色服裝，背著竹籠的中年男子。

「救、救命啊！」

我也學和泉蠟庵揮動手臂。男子也朝我們揮手。

「你們怎麼了？」對方問。「我們迷路了！」我們的對話成為回音，消失在空中。男子所住的村落也許就在附近，可以帶我們前往。我鬆了口氣，差點雙腿一軟。男子朝我們走近。雖然半途被樹叢遮蔽，失去他的蹤影，但只要稍等一會兒，他應該馬上會朝我們走來。

「我們往他那邊去吧。」

和泉蠟庵如此說道，準備邁步往前走去，我一把抓住他背後的行李袋，阻止了他。

「不行。蠟庵老師，你不能亂動。」

「為什麼？」

「因為你會迷路。」

即便只移動數步之遙的距離，和泉蠟庵有時仍會闖入莫名其妙的地方。就算是筆直地往男子所在的方向走去，還是有可能走往不同的方向。好不容易有一線生機，絕不能讓這種事發生。

「你就這麼信不過我……」

他露出很受傷的表情。

那名身穿藏青色服裝的男子，撥開我們前方的樹叢，來到我面前。一開始男子以令人放心的表情，揮著手朝我們靠近，但不久後，他的步伐變慢，最後在離我們幾步遠的地方停住。他雙目圓睜，臉色蒼白。

「你、你不是喪吉嗎？」

他如此大叫，跪向地面，雙手合十。我與和泉蠟庵察覺情況不對，面面相覷。

「您怎麼了？」

和泉蠟庵問道。男子以驚恐的表情望著我。

「喪吉！你升天成佛吧！南無阿彌陀佛！南無阿彌陀佛！」

看來，男子似乎把我誤會成別人了。

男子說，他進山裡是為了採山菜，供旅店烹煮料理之用。三人在走向山腳村落的路上，男子頻頻打量我的臉。「你有帶水嗎？」我向他詢問，男子顫抖著取出水筒說道：

「喪、喪吉，你拿去喝吧。」我雖然不是喪吉，但還是拔起水筒的栓蓋，咕嘟咕嘟牛飲，就算長得像不認識的陌生人也無所謂。

我們穿過水田和旱田旁，被帶往山腳的村落。稱它是村落，似乎太過繁榮，若稱它是市町，規模又太小。幹道直接穿過這個村落。那家大旅店沿著幹道而建，男子就在店裡當雜役。這樣剛好。我們決定今晚就在這裡投宿。

有一群女子在河邊洗衣。她們一見我們到來，其中一人立即站起身。眼睛睜得老大，緊盯著我的臉。一名拖著手拉車的年輕人看到我，也停下腳步，一臉驚訝地愣在原地。一名坐在丸子店的椅子上和年輕女孩談笑的老翁，一見到我，丸子頓時鯁在喉中，發出痛苦的呻吟，和他說話的年輕女孩急忙替他拍背。雖然不是每個人都這樣，不過，十個人當中約有三個人望著我的臉，表情怪異。

「那個叫喪吉的男人死了是嗎？」

我一面走，一面向採山菜的男子詢問。

「一年前，他在無臉嶺遭遇落石，跌落山谷，被河水沖走。我們在河底打撈，一個禮拜後才尋獲屍體。」

「那個男人和他長得很像對吧？」

聽和泉蠟庵這樣問，採山菜的男子一本正經地頷首。在這段時間裡，有名與我擦身而過的女子看到我的臉，發出一聲驚呼。一名在一旁遊玩的孩童，看到我之後，可能是感到害怕，開始嗚咽起來。他們似乎都認為是那個已死的喪吉死不瞑目，又重回人間。

和泉蠟庵一面走，一面向採山菜的男子詢問我們旅行的目的地該怎麼走。我們原本是朝某座溫泉地而行，但途中迷了路。採山菜的男子指著西邊道：「這樣的話，就只能從無臉嶺通過了。」男子所指的方向，有一座小山。在這綠意盎然的時節，不知為何，只有那座山像冬天一樣，顏色枯黃，顯得蕭索冷清。山上沒任何樹木，光禿平坦。想必這就是無臉嶺這個名稱的由來。

旅店是兩層樓的氣派建築。大門掛著旅店工會的名牌。透過這樣的名牌，便能分辨這是一家優良旅店，不會強行拉客，也沒有賣春的妓女。打開入口的拉門，一股冷冷的木頭香味撲鼻而來。

一名威儀十足的中年男子穿過走廊走來。似乎是旅店的老闆。「哎呀呀，客官要住宿嗎？」他搓著手，依序望向我們。他先看了和泉蠟庵一眼，然後望向我，緊接著一屁股跌坐地上。「八重！八重！不好了！」他朝店內大喊，這次走來一名年輕女子。似乎是在店裡工作的女傭。

「怎麼了嗎？」

那位名喚八重的女子向旅店老闆詢問。老闆顫抖著指向我。女子發現我後，倒抽一口冷氣。

「喪吉？」

我感到納悶，轉頭望向和泉蠟庵，他就只是聳了聳肩。女子眼中泛著淚水。這是誤會！我還來不及說明，她已緊緊抱住我。那名採山菜的男子應該知道這是怎麼回事，我瞪了他一眼。他難為情地說道：

「我剛才應該先說的。你的……不，喪吉的太太在這裡工作。」

二

八重從剛才起，就一直抽抽噎噎，不肯鬆開我的右手。如果緊黏我的是個男人，我應該會踢對方一腳，大吼一聲「喂，離我遠一點！」但八重是位妙齡女子。她這樣緊貼在我身旁，感覺並不壞，但也不能一直這樣下去。

「妳認錯人了，要我說幾遍妳才懂？」

「不，你就是喪吉！」

「我根本就不認識那個叫喪吉的男人！」

「不管我怎麼看，你就是喪吉！」

那位名叫八重的女人，邊哭邊重複這句話。

我們被帶往旅店的房間，卸下行李。

走了無比漫長的山路，現在好不容易可以坐在榻榻米上，但一旁卻緊黏著一名不認識的女人，教人實在無法放鬆。和泉蠟庵向旅店老闆說明整個事情的經過。

「喪吉，自從你失蹤後，我和鼻太郎有多寂寞，你知道嗎？」

「鼻太郎？這誰啊？」

「太教人驚訝了！你連自己兒子的名字也忘啦？」

「兒子？」

看來，喪吉與八重有個孩子。可是那孩子和我之間根本就沒半點血緣。

「那是別人的孩子！妳告訴我這個名字，我怎麼可能知道啊！」

我不由自主地拉大嗓門，原本正在交談的和泉蠟庵和旅店老闆紛紛轉頭望向我。八重五官糾結，開始放聲大哭，但還是沒有要離開我的意思。這時，那名採山菜的雜役端來熱茶，在我們面前各放一個茶碗。

「哎呀，話說回來，你真的和喪吉長得一模一樣呢。」

旅店老闆喝著熱茶，朝我仔細端詳。一臉感佩，頻頻讚嘆。

「就算長得像，還是會有個限度才對。應該和喪吉有哪裡不太一樣吧？」

和泉蠟庵喝著熱茶，如此說道。旅店老闆搖頭。

「不論鼻形還是眼睛，全部與喪吉在世時一個樣。如果硬說他不是喪吉，那反而才奇怪。該不會是你們兩個聯手來蒙騙我們吧？是不是這樣，喪吉？」

我當場否認。

「說謊的人是你吧？該不會根本就沒有喪吉這個人吧？其實是你們從過路人當中隨便挑個人，堅稱說對方像喪吉吧？」

「我們？我們幹嘛這麼做？」

旅店老闆露出納悶之色。

「就像一般常見的拉客手法一樣。路上攔住旅人，堅稱對方長得像某某人，然後硬拉進旅店裡。叫對方先住下來再說。這就是你們的盤算。」

「哪兒的話呀！才沒這種事呢！客官，你真的長得很像喪吉啊！」

「我知道了。你說像就像吧。我承認像總行了吧，你也管管這個女人吧。她好像真的把我當作喪吉了。」

我想把八重拉開，但她極力抵抗，不肯鬆開我的手。我漸感怒火中燒。我以能自由行動的左手手掌按向她的臉，使勁往外推。八重的臉受到擠壓，模樣變得很滑稽。

「瞧這指甲的形狀！就像樹果一樣扁平！你果然就是喪吉！快想起我和鼻太郎，回到我們身邊來，好不好？」

「我根本就想不出個鬼，我壓根兒就不認識你們啊。」

「你怎麼一直裝糊塗啊！你也該適可而止了吧！」

「該適可而止的人是妳。那個叫喪吉的男人應該死了吧？死人重返陽間的事，這一帶常發生嗎？」

「哪有那種事啊？」

「這麼說來，喪吉也不可能會重返陽間呀。」

「埋在墓地裡的，一定不是喪吉。因為我們從河底找到的屍體，已全身浮腫，被河魚啃食得很嚴重，坦白說，一點都認不出是喪吉。」

「那應該才是如假包換的喪吉。」

「你就說實話吧。你是不是墜河後，被沖到下游的村莊，一直昏睡到最近才醒來？」

「不，完全不是妳說的這樣。蠟庵老師，你也幫我解釋一下吧。」

在一旁喝著茶，默默聆聽的和泉蠟庵，一臉歉疚地對八重說道：

「他名叫耳彥，是個很平庸的男人。」

「用不著加一句平庸吧。」

我在一旁插嘴道。

「喪吉也是個平庸的男人。」

聽八重如此回應，和泉蠟庵手摸著下顎，眉頭微蹙。

「既是這樣，他們兩人搞不好是同一個人呢……」

「怎麼可能嘛。你振作一點好不好。」

我狠狠瞪了和泉蠟庵一眼。

「聽說喪吉先生是一年前過世的。當時我們應該已經認識，並一起展開旅行。所以你不可能和喪吉先生是同一個人。」

「沒錯。」

我讓八重看我左臂的傷痕。

「妳看，這是我小時候受的舊傷。喪吉總沒有了吧？」

小時候我在河邊玩，一時滑了一跤，被突尖的石頭割傷。

八重以指尖輕撫我左臂的傷。她的指尖觸感冰涼，說不出的舒服。這樣就能明白我不是喪吉了吧。八重定睛注視著我，眼中再度噙著淚水。

「看吧，果然沒錯。」八重說。

「什麼果然沒錯？」

「喪吉的左臂也有同樣的傷疤。」

「胡說八道！」

八重肯定是在鬼扯。

「你不是全都告訴過我了嗎？你這是小時候在河邊玩，不小心受傷的對吧？」

從房間的緣廊可以望見修剪整齊的松樹以及鯉魚悠游其中的池塘。

似乎是浮雲遮蔽了太陽，天空突然略顯陰暗，隱隱感到一陣寒意。

儘管四周轉為陰暗，八重的眼瞳還是無比炯亮。

「你這道傷，是當時滑了一跤，被突尖的石頭割傷對吧？你說過的話，我全都記得。」

和泉蠟庵與旅店老闆皆望向我。

我這個傷疤的由來，從沒告訴過任何人。

為什麼她會知道我的事？

八重的眼瞳就像在祈求般，專注地凝望著我。

「……這是碰巧。我和喪吉碰巧都有同樣的傷疤。」

我對和泉蠟庵說道。他擱下茶碗，從皮革袋子中取出日記本。

「那就這麼辦吧。八重小姐，妳還記得喪吉先生身上的黑痣、胎記、傷疤之類的特徵嗎？」

「應該還記得。」

八重頷首。和泉蠟庵在日記上的空白處，簡略地畫下一個人的背部。

「可以請妳在這裡畫出喪吉的背部特徵嗎？畫好後，再與這個人的背部做比對。」

「我明白了。」

八重毫不猶豫地頷首。她從我身上離開，借了枝筆，也沒作出回想一番的模樣，直接就在紙上畫了起來。右邊肩胛骨下方有三個小黑痣。腰部上方有個橢圓形胎記。

「畫好了。」

和泉蠟庵看了那張圖之後，向我問道。

「你抵達這處旅店後，可有讓八重小姐看過你的背部？」

「沒有，我連衣服也沒脫過。」

「那就來比對一下吧。」

看了八重所畫的背部特徵，我並不覺得有什麼。經這麼一提才想到，我從沒看過自己的背部。不過這麼一來，就能解開八重的誤會了。我從衣袖中抽出雙手，赤裸上半身。把背部面向在場的三人。

「怎樣？這樣就明白我不是喪吉了吧？」

三人盡皆無言。我覺得不太對勁，轉頭望向他們，看到和泉蠟庵皺著眉頭的臉。旅店老闆面如白蠟。八重鼻頭泛紅，開始嚶嚶啜泣，但與我目光交會後，她立刻湊近抱緊我。她滿是熱淚的臉頰緊抵著我的背。

「我投降了。」

和泉蠟庵困惑不解地說道。

三

「爹！」

名叫鼻太郎的少年朝我飛奔而來。他身高還不及我腰間。不用人說我也看得出來，他長得和我如出一轍。要是我把他扛在肩上，一定每個人都當我們是父子。

「我不是你爹。」

我說完後，少年側著頭，開始吸著鼻涕。

和泉蠟庵留在旅店裡，只有我一個人在八重家過夜。當時我問「為什麼要這麼做」，八重回答我「因為那是你家呀」，就此把我帶來這裡。門一打開，在屋裡看家的鼻太郎一見到我，馬上露出泫然涕下的表情，緊緊抱住我。

喪吉、八重、鼻太郎他們的家位於村郊。雖然外觀像倉庫般單調簡單，但住起來應該很舒服。我找了一處可以倚在牆邊放鬆一下的角落，盤腿而坐。鼻太郎見狀，笑咪咪地朝我湊近。

「你果然是爹。因為你不是都常坐在這裡嗎？還說坐這裡最舒服了。」

一旁擺著一只老舊的木箱。裡頭擺滿了鐵鎚、鋸子、釘子等木工用具。

「有人從事木匠的工作嗎？」

「喪吉，就是你啊。」

「喪吉是木匠嗎？看吧，我不是喪吉，從這點就可以清楚看得出來。因為我完全不會木匠的工作。雖然我曾經學過，但我連一根釘子也釘不好，後來就不幹了。」

「你和我結婚前確實是這樣。你不肯好好工作，終日只會賭博喝酒，結果欠了一屁股債，吃了不少苦。還曾經找來附近的孩童，教他們吹草笛對吧？我第一次和你說話時，你正在孩子們的包圍下吹草笛呢。」

「我不知道。」

「拜託，你別再裝不知道了。」

語畢，八重一面準備晚飯，一面說著她與喪吉間的回憶。她記憶中的喪吉，是個平庸無奇的傢伙。正當我覺得他很像某人時，這才發現他像的人正是我。喪吉犯過的蠢事、動不動就厭倦放棄，沒半點耐性的脾氣，全和我一個樣。「我不知道！那傢伙不是我！」我試著否認，但我愈來愈沒自信。八重說的事，有一半是親身體驗過的事。就算不是完全相同，也有其相似之處。喪吉的言行，以及他所採取的行動，如果我處在同樣的情況下，也會和他一樣。我開始慢慢覺得——八重記憶中的那名男子，該不會就是我吧？

「對了，你曾經打算到蕎麥麵店當學徒對吧。你說『製麵的工作累人，而且又常挨罵，所以我不幹了』。」

不久，我連否認都嫌麻煩。我開始一面嘆息，一面對八重說的話點頭。

「嗯，沒錯。蕎麥麵我只喜歡吃，不喜歡做。」

聽我這麼說，八重轉頭望向我，嫣然一笑。

聽說喪吉和我一樣是個平庸無奇的男人，但他和八重成婚，有了愛的結晶後，便一直從事木匠的工作。釘釘子時，手指會被鐵鎚打傷。用鋸子鋸木時，有時鋸子會卡住，動彈不得。也曾被同儕瞧不起，哭著跑回家。想藉由賭博和喝酒來逃避。但喪吉為了養妻兒，始終沒辭去木匠的工作。

鼻太郎靠在我膝上睡著。鼻水黏在他上唇一帶，髒死了。八重見我輕撫他的頭，頓時瞇起眼，嘴角浮現笑意。我明明就不是喪吉，但不知為何，打從心底湧現一種安心感。我讓鼻太郎躺進被窩裡，開始用餐。八重做的醬菜，是我愛吃的口味。一定是喪吉和我喜歡的口味剛好又一致。

入夜後，左鄰右舍聽聞我的傳言，紛紛前來。老人們一看到我的臉，便開始雙手合十誦念「南無阿彌陀佛」。年輕一點的，則是問我「你真的是喪吉嗎」。我回答「不，我不是喪吉，我跟他毫不相干」，他們全都露出不解的神色。

「那你為什麼長得和喪吉一模一樣？」

我思索片刻後回答道：

「每個人在這世上，都會有一、兩個和自己長得很相似的人，生活在世上的某處。模樣、個性完全相同的人。喪吉對我來說，就是這樣的人。只是我剛好路過他居住的這個村落罷了。」

在夜深人靜後，我在寧靜的庭院仰望夜空。四周平靜無風，不見明月露臉，周圍的雜樹林化為濃重黑影。我雙臂盤胸而立，這時，一隻野狗走來，開始嗅聞我腳的氣味。我心想，好一隻不怕人的野狗，伸手搔抓牠的脖子。

「你對每個人都這樣撒嬌嗎？」

牠不斷搖著尾巴，於是我朝牠問道。

「牠才不是對每個人都這樣呢。這隻狗見到陌生人，向來都會猛吠。」

八重不知何時來到門前，望著我和那隻狗。

「可是牠就沒朝我吠。」

「是啊。因為從牠還是小狗時，你就很疼愛牠啊。」

「我不知道……我不知道有這麼一隻狗……」

野狗吐著舌頭，頻頻喘息，一副很高興和我重逢的表情。這隻狗也把我誤會成是喪吉，沒半點懷疑。這麼一來，我益發覺得是我自己錯了。難道我真的是喪吉，之前與和泉蠟庵一同展開旅行的事，全是我自己的誤解嗎？

「來，我們進屋吧。我幫你鋪好床了。」

八重緊握我的手。我猶豫著該不該馬上逃離這裡。我是否該前往和泉蠟庵投宿的旅店，馬上和他一起離開這個村落會比較好呢？是否應該重新踏上旅程呢？和泉蠟庵從那名採山菜的雜役那裡聽說，要前往我們的目的地，必須翻越無臉嶺才行。無臉嶺。喪吉遭遇落石而墜河的地點。

「怎麼了？」

「我不是喪吉。我名叫耳彥，是個和蠟庵老師一起旅行的人。」

八重的表情陰暗，看不清楚。

「只要你結束這場旅行不就行了嗎？就這麼辦吧。」

我沒回答，她拉著我的手，往前走去。屋裡無比溫暖，傳來熟悉的氣味。

有個人曾經在無臉嶺目睹喪吉墜河。他是喪吉從小一起長大的朋友。一年前的那一天，他和喪吉前往無臉嶺另一頭的村落，為了看慶典。一早晴空萬里，兩人一身輕裝，就此出門而去。但一走進無臉嶺後，天氣變得詭譎，最後還下起雨來。兩人走進有地藏王的岩石底下，躲雨聊天。這裡到隔壁村落的距離，比到他們的村落更近。照情況看來，這場雨沒有停歇的跡象，所以乾脆一路衝下無臉嶺好了。於是兩人就此邁步疾奔。但就在通過河邊道路時，因雨而鬆動的岩壁，有一處坍塌。大大小小的岩石滾落。喪吉的這位朋友運氣好沒遭殃，但喪吉卻沒躲過一劫。他被岩石撞中，滾落斜坡，被水流湍急的河水吞沒。

「你要好好拜。因為這是你自己的墳墓。」

我站在墳前發愣時，八重如此說道。鼻太郎似乎覺得很無聊，揮動著手中的木棒。

「感覺真不吉利。我還活著耶。」

埋在墳墓底下的，是那個名叫喪吉的男子。在無臉嶺跌落河中，一個星期後才在下游被人發現的屍體。八重當他是喪吉，加以埋葬，但如今細想，她認為那一定是弄錯人了。溺死的屍體臉部浮腫，無法分辨死者原本的面相。就只是憑藉衣服的顏色和花紋與喪吉一樣，而判斷屍體就是他。

「害我白難過一場。其實你根本就還活著。那麼，埋在這裡的男人又會是誰呢？啊，喂！」

鼻太郎一面走，一面用木棒敲打排成一列的墓碑。八重見狀，加以訓斥。我站在喪吉的墳墓前，默默在心裡同他說話。「喂，你遇上麻煩事了。你妻子把我當作是你。」因為我知道自己不是喪吉，所以我無法像八重那樣，把埋在墳裡的男人當作別人。裡頭的屍體一定是正牌的喪吉。這個和我同樣長相、同樣個性的男人，與八重結為夫妻，並育有一子。我逐漸覺得，喪吉的人生就像我可能得到的另一種人生。因為賭博欠債，而跟和泉蠟庵一同旅行，當他助手的我，在這裡構築自己的家庭，過著正經的生活。

「說起我，其實是個很窩囊的人。我說的不是喪吉，而是此刻站在這裡的我，從小到大，都沒人認同我，我一直是個無藥可救的雜碎。」

離開墓地後，我們就像一家人似的，與八重分別站在鼻太郎兩旁，三人並肩而行。

「我總是藉酒逃避。喝醉後，便覺得一切都無謂，不安的感覺也就此消失。」

「是啊，你就是這樣的人。但我知道你是好人。你很善良，不會說人壞話。你只是有許多事沒辦法做得比別人好罷了。不過，這一點都不重要。只要你能一直陪在我身邊，不管怎樣都好。」

八重到旅店當女傭工作時，我和鼻太郎則是在和泉蠟庵投宿的房間裡玩耍。我抓著鼻太郎的腳，甩著他繞圈，他笑得快要喘不過氣來。「爹！」「什麼事？」「接下來我要坐你肩上。」「好，沒問題。」望著我和鼻太郎的互動，和泉蠟庵瞇起眼睛。由於鼻太郎笑得太大聲，似乎有其他客人抱怨，穿著女傭服裝的八重跑來將我和鼻太郎訓了一頓。

鼻太郎玩累了後，沉沉入睡，和泉蠟庵向我說道：

「我明天早上就要出發了。你打算怎麼做？」

望著孩子的睡臉，我一時答不出話來。和泉蠟庵望向庭院的綠意，啜飲手中的茶。樹叢在陽光的照耀下，鮮綠油亮。耳畔還傳來陣陣鳥囀。見我沉默不語，和泉蠟庵也默默喝著茶。

四

太陽下山後，我和八重、鼻太郎三人回家吃晚飯。八重用飯鍋煮的米飯，正好是我喜歡的硬度。白飯上頭添了醬菜，再淋上醬油，我一口接著一口吃。八重見我狼吞虎嚥的模樣，忍不住叨念了幾句。

「講過你多少遍了，吃慢一點。」

「哦，抱歉。妳說得對。」

雖然我向她道歉，但八重每次叨念的對象是喪吉，不是我。但我懶得糾正她，重點是，我也覺得好像從以前就常聽人這樣嘮叨。我自己也明白，我已快要接受八重將我當作喪吉的這種想法。今後我應該能以喪吉的身分過下去。與八重成為夫妻，將鼻太郎養育成人，一起和樂生活。也許這是最幸福的生活方式。「只要你結束這場旅行不就行了嗎？」八重這句話突然掠過我腦海。過了一晚後，這項提議變得愈來愈有吸引力。

我接下來要是繼續旅行，有什麼意義嗎？前往溫泉地，返回市町，領取酬勞，喝酒。身上的錢花光後，再度陪和泉蠟庵踏上旅程。如此一再反覆。

如果是這樣的話，還不如就此打住。停止旅行，和妻兒一起生活，這樣反而還比較好。

用完餐後，八重藉著座燈的亮光開始縫補衣服。她用針線縫補我多處破損的衣服。鼻太郎百無聊賴，向八重惡作劇，換來一頓罵。我躺在一旁觀看整個經過，這時，八重向我喚道：

「喪吉。」

「什麼事？」

雖然我不認為自己是喪吉，但還是不由自主地應聲。

「你在想什麼？」

「不，是妳想多了。我一直在發呆。打從我出生到現在，一直都在發呆。」

「那就好。」

「我以前可有沒發呆的時候？」

「經你這麼一說，好像沒有呢。你總是一副愛睏的眼神，或是因宿醉而苦著一張臉。」

八重似乎覺得滑稽，呵呵輕笑。可能是因為座燈光線微弱的緣故，她的模樣看來有點落寞。

和泉蠟庵明天早上就要出發了。是否要和他一同踏上旅程，我至今仍拿不定主意。我並未向八重坦言此事。如果我跟和泉蠟庵走，八重和鼻太郎兩人又得相依為命，想必一定很寂寞。好不容易以為一切又回歸從前，但現在即將再次失去。明明昨天才剛見面，但我卻已開始捨不得他們。感覺如同是我身體的一部分。就像彼此身體相連，流著同樣的血脈，一旦有人感到疼痛，我也會有同感，如此真切的情感不斷從我體內湧現。

鋪好棉被後，我們三人一起躺下。熄去座燈後，屋內一片漆黑。八重哼著搖籃曲，鼻太郎就此傳出沉睡的鼾聲。我與八重望著幽暗的天花板，小聊了一會兒。

「這孩子一直哭著問我爹跑哪兒去了。」

八重在被窩裡握著我的手，如此說道。

「所以我告訴那孩子，你爹只是暫時出外旅行去了。不久他就會回來，你一點都不用擔心。」

「結果真的就回來了是吧？」

「嗯，沒錯。」

半晌過後，八重緊握的手逐漸鬆開。看來她睡著了。我朝眼前的幽暗凝望了半晌，但始終不覺得睏，於是我悄悄鑽出被窩。我小心不發出聲音，將座燈搬往屋外。把它擺在庭院後，我再次回到屋內，捧著那只木工道具的木箱往外走。

滿天星斗，夜風沁涼快意。雜樹林圍繞這座小屋和庭院。風中參雜著草木的氣味，令我有種熟悉的感覺。

我朝座燈點燃火，從木箱裡取出鐵鎚和釘子。劈好的木柴堆放在門口。我從中挑選一根大小適當的木柴，將它擺在座燈旁。

我捲起睡衣的衣袖，心中暗叫一聲「準備好了」。我左手拿好釘子，立在木柴平坦的那一面上，開始以鐵鎚敲打釘子。

叩、叩、叩。

馬上就失敗收場。在我敲下的瞬間，釘子的前端從木柴表面滑過，沒能固定在同一點上。釘子始終刺不進木柴裡，好不容易釘出個洞，鑽進洞裡，卻又釘歪了。原本敲打的時候，以為釘子直立，但結果當然不是這麼回事，它斜斜地釘進了木柴裡，最後歪曲變形。

以前我曾當過幾天木匠。當時我釘的釘子也是變成這個樣子，惹來其他木匠的嘲笑和鄙視。連師傅也罵我，像我這樣糟蹋釘子，有再多釘子也不夠用。同儕們也開玩笑說，我要蓋一棟房子所需要的釘子，連屋裡都不夠放。我想起自己當時那種低落的情緒，全身冷汗直冒。

我拿起第二根釘子，按住木柴表面，舉起鐵鎚一揮而下。這次試著略微加強力道。

叩、叩、叩。

又失敗了。釘子不知何時變成斜向插進木柴裡。我嘆了口氣，搥向釘子，卻一時沒對準。鐵鎚朝我按住釘子的左手大拇指搥落。感覺如同腦中火花迸散一般。骨頭沒事，也沒出血，但痛入心脾。我雖然沒發出慘叫，但有好一陣子無法呼吸。我沉聲呻吟，淚水直冒，頓時感到悲從中來。我把鐵鎚拋向一旁，雙腳往地上一攤。揉著手指，仰望星辰，但雙眼因淚水而模糊，看不清楚。

「可惡！我不幹了！我不幹了！」

一陣風吹來，樹葉窸窣作響。待頭腦略微冷靜後，我逐漸對自己的無能感到很不甘心。再度從木箱裡拿出第三根釘子，將它立在木柴表面。剛才敲傷的拇指隱隱作疼，連要穩住釘子都很吃力。

叩、叩、叩。

這種事，喪吉也辦得到。如果我和他的身體、想法都一樣的話，應該也辦得到才對。我與喪吉的差異，就只在於有沒有八重與鼻太郎的陪伴而已。喪吉有家人等著他養，所以他才能釘好釘子，始終堅持木匠的工作。聽說一開始喪吉同樣做不好，遭同儕瞧不起。但不管別人再怎麼嘲笑，喪吉還是堅持不懈。

第三根釘子又失敗了。但我已經比剛才熟練。也許我在揮鐵鎚時，把手腕穩住會比較好哦？我拿出第四根釘子。這時，背後傳來一聲叫喚。

「太好了，原來你在這裡。」

八重站在家門口。

「我好擔心呢。以為你回到家，只是一場夢……」

「因為睡不著，起來練習釘釘子。」

八重來到座燈旁，望向我的手。在朦朧燈光的照亮下，八重的臉蛋無比美豔。她發現我紅腫的手指，秀眉微蹙。

「喪吉，你的手……」

「剛才失敗了。我真是沒用，始終都釘不好。因為太過疼痛，而變得自暴自棄。」

「你之前也是這樣。那時候也是大拇指又紅又腫。在半夜裡偷偷練習。」

她好像在談喪吉的事。我朝她頷首。

「嗯，是啊。和那個時候一樣。因為我忘了怎麼釘釘子，所以想趁現在練習一下。要是不先練習的話，今後就沒辦法餬口了。」

我如此說道，同時發現自己心中已作好決定。

我將釘子立在木柴上，不讓手腕彎曲，以鐵鎚敲向釘子。

叩、叩、叩。

釘子直直刺下。我小心翼翼地敲打著釘子。

「日後重回木匠的工作，一定又會被人嘲笑。要是被人當我是沒用的傢伙，叫我別再去上工，那會害妳和鼻太郎餓肚子。那可萬萬不行。所以我好歹得先學會怎樣把釘子釘好。」

大拇指隱隱作疼。

在座燈的燈火下，我和八重的影子落向地面。

無關乎大拇指的疼痛，我突然很想哭。

「妳什麼都不用擔心。妳和鼻太郎再也不用哭了。也不用再悲傷難過。就算妳辭去女傭的工作，也不必擔心會沒飯吃。我或許賺不了什麼大錢，能讓你們吃山珍海味，但只要我們三個人一起努力，一定沒問題的。」

叩、叩、叩。

釘子前端終於刺進木柴裡。沒半點歪斜，一直保持直立。就算從旁邊施力，它也沒半點搖晃。再來只要用力將釘子打進木柴裡就行了。我只要將鐵鎚對準釘子揮落即可。

這時，八重突然抓住我緊握鐵鎚的手。傳來她手指冰涼的觸感。她不發一語地從我手中拿走鐵鎚。

「其實我打從一開始就知道了。」

八重抽抽噎噎地說道。

「但我相信他總有一天會回來。懷疑這一切都只是誤會。就像我對那孩子說的，他只是出去旅行。但其實我心裡很清楚，根本不是這麼回事。」

我低頭望向那根朝木柴表面刺進一半的釘子。

「喪吉真不簡單。他真的很賣力。」

八重開始潸然淚下。座燈的橘色燈火照亮她的雙頰。

「嗯，喪吉真的很賣力。為了我和孩子。」

我站起身後，八重把臉埋進我胸膛。她的頭抵向我鼻端。每次她嗚咽時，纖細的肩膀就會一陣顫動。

「能和他結為夫妻，我真的很幸福，但他已不在人世。也不會從旅行中歸來。其實我知道你並不是他。」

翌晨，我背起旅行的行囊，前往和泉蠟庵所住的旅店。八重和鼻太郎也前來為我送行。天空蔚藍無雲。連光禿禿的無臉嶺也顯現出清楚的輪廓。這種暖和的天氣，正適合踏上旅途。

已準備好行囊的和泉蠟庵，人坐在旅店的玄關前。也許他是在等我。但他看到我，卻露出頗感無趣的神情。

「你來啦。從你這身打扮看來，是想和我一起旅行對吧。」

「沒錯。讓蠟庵老師你一個人走，比派孩子出門跑腿還要危險。」

「多你一個人，其實也沒多大幫助。不過，我倒是很擔心你捲款潛逃，晚上都睡不著覺呢。」

八重、鼻太郎、旅店老闆，看著我與和泉蠟庵的一來一往，似乎覺得很有趣。

八重移步向前，向和泉蠟庵行了一禮。

「他就有勞您多多關照了。」

鼻太郎也開口道：

「請多多關照我爹！」

我覺得很不自在。我又不是八重的丈夫，也不是鼻太郎的父親，卻搞得好像家人在送行一樣。

到了出發的時刻，我把八重叫向一旁。我們把鼻太郎交由和泉蠟庵和旅店老闆照顧，我和她兩人單獨來到建築後方。

陽光穿透樹葉的斑駁光影，落在八重白皙的前額和兩頰。她雙眸映照著我的身影。

「抱歉。我喜歡和那個人一起旅行。能見識到許多平時看不到的事物。雖然也會遭遇不少驚險的事，但泡溫泉真的很棒。過去我見過建造在湖底的房子、被猿猴占領的城堡、一面唱歌一面接受火刑的罪人。而且那個人替我還的債，我還沒還他呢。不過，日後我想再回到這裡。到時候我會來找妳。」

八重瞇起眼睛，滿臉歡欣地點著頭。

八重和鼻太郎一直送我們來到市町郊外。我與和泉蠟庵就此邁步走向通往無臉嶺的道路。

過了中午，天氣變得詭譎，最後還下起雨來。我們走進有地藏王的岩石底下躲雨，稍事休息。見這場雨沒有停歇的跡象，我們決定冒雨前進。

當我們沿著河邊道路行進時，一陣冷風吹來，令人感到一陣寒意。我聽見斜坡上石頭滾落的聲響。土石因下雨而鬆軟，好像隨時都有可能落石。

這就是喪吉的喪命之所。不知為何，我就是有這種感覺。

但最後我並未遭遇落石，跌落河中，我們順利地通過此處，離開無臉嶺。

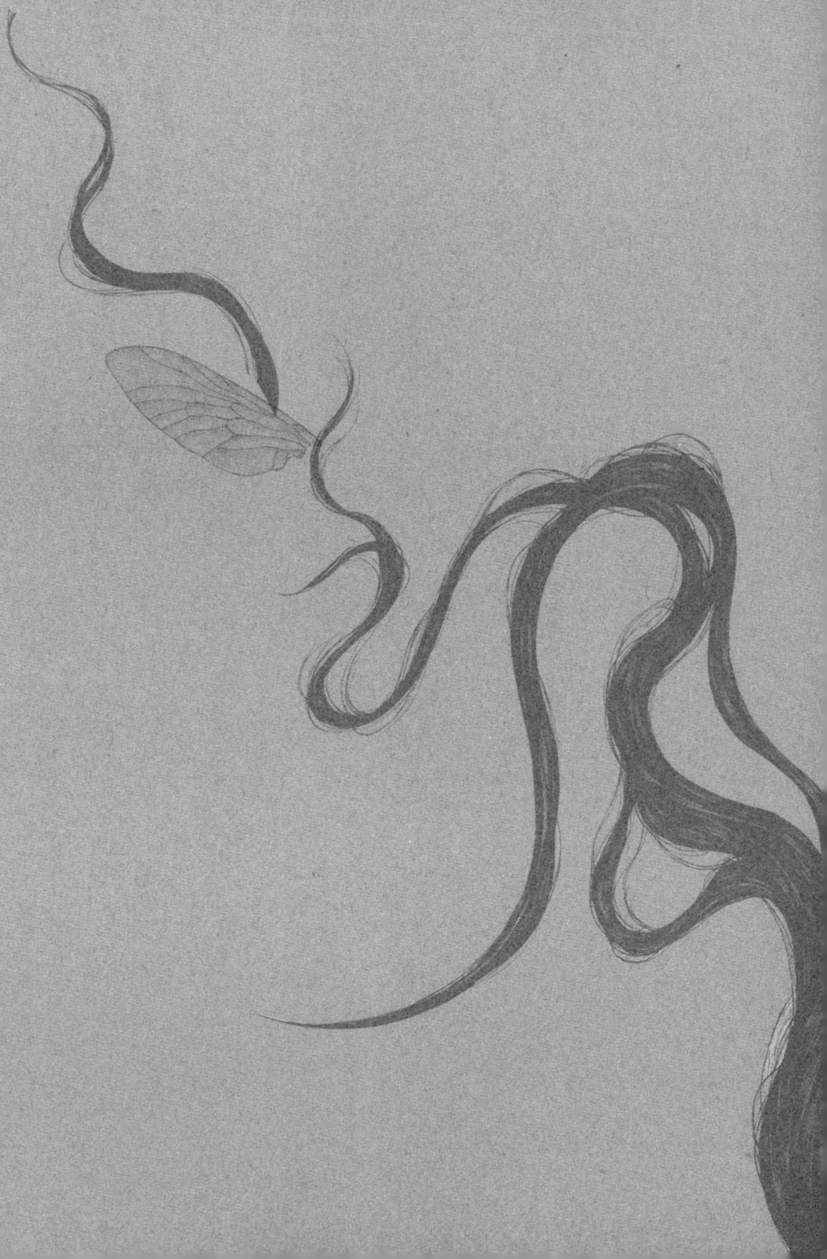

地獄

一

幹道整頓完善，各地往來頻繁後，人們逐漸明白，各地都有形形色色的特產。品嘗當地才能捕獲的鮮魚、當地特別栽種的蔬菜，也成了旅行的樂趣之一。人們開始出外遊山玩水，以期待又害怕的心情舉箸嘗試從未見識過的地方料理。之前我曾見過五名結伴同遊的旅客，面對以蟬製成的天婦羅，舉筷躊躇的模樣。他們以手肘撞著彼此，互相牽制。最後眾人一同把菜塞進口中，也沒說好不好吃，就只急著喝茶以便將菜嚥進肚子裡。那一幕著實有趣。

以我來說，就算有令人意外的菜餚端到面前，我也會儘可能面無表情地吃下去。光憑外表而決定不吃某樣食物，是很不應該的事。這是我朋友和泉蠟庵的名言。不管什麼料理，都要鼓起勇氣一口塞進嘴裡。若不這麼做，對做菜者很不禮貌。別人送上的料理，要心存感激地吃完。和泉蠟庵在他的書中總不忘寫上這句話。

不過，曾經在某個地區，當地人向我們端上一鍋散發強烈惡臭的魚肉火鍋。我與和泉蠟庵光聞到從鍋裡升起的熱氣，便快要無法呼吸。熱氣進入眼中後，一陣又痛又癢的感覺襲來，使我淚如泉湧，順著臉頰滑落。我們以衣袖遮住嘴巴，互望一眼，彼此在心裡告訴對方——吃下這個東西，肯定會有生命危險。

「你不是說你肚子餓嗎？你就盡量吃吧。」

和泉蠟庵屏住呼吸，將火鍋推向我面前。

「老師！你忘了自己在旅遊書上寫的話嗎？」

「什麼話？」

「別人送上的料理，一定要吃下肚。你不是每次都會在書上這麼寫嗎？」

「那得視情況而定。耳彥，這一定是哪裡弄錯了。因為你看這根本不像料理，像是在整人嘛。」

「這種話對做菜的人太沒禮貌了！」

「可是你看這火鍋，簡直就是地獄啊。」

我不小心吸入火鍋的臭味，然後不由自主地產生幻覺。鍋裡熬煮的魚，那遭人大卸八塊的肉身，看起來猶如墮入地獄、不斷痛苦掙扎的人們。

最後，我們就像那些面對蟬天婦羅，舉筷躊躇的旅人們，在彼此牽制下，同時把料理送入口中。雖然那驚人的臭味教人退避三舍，但味道倒是一吃就上癮。

不過，有東西吃就算不錯了。在我們走訪各地的過程中，曾到過一座村莊，村裡的人個個面黃肌瘦。他們的身體瘦得像皮包骨，雙眼浮凸，模樣古怪至極。應該是遭逢乾旱，糧食短缺的緣故。孩子們飢餓難耐，甚至啃起了樹皮。而我們就是在路過那個村莊不久後遭到襲擊。

和泉蠟庵是個大路痴，連走在筆直的道路上都會迷路，走到不知名的場所，是個很不適合旅行的人。我是他的隨從，負責幫他扛行李，他說話時，我高興就點頭附和，嫌麻煩時就當它是馬耳東風。這天，我們正朝宿場町走去時，在山腳的道路上遇見一名因腳扭傷而坐在地上的女子。女子有一對細長的雙眼，如同用刀子在臉上劃出的兩道細縫。和泉蠟庵朝女子腫脹的腳踝看了一眼，取出身上攜帶的膏藥分了一些給她。

「啊，你們在找尋溫泉是嗎？」

女子如此問道。和泉蠟庵說明他是旅遊書作家，為了寫作而四處找尋溫泉。市面上各種做為旅遊指南的旅遊書應有盡有，但真正博得眾人好評的，是對各地溫泉有詳盡介紹的旅遊書。和泉蠟庵受出版商委託，蒐集市面上旅遊書尚未提及的溫泉傳聞，並親自前往探尋，以確認是否真有其地。這次同樣也是一趟找尋溫泉之旅。

「既然這樣，我知道有一處不錯的溫泉地哦。」

聽女子說，只要泡過那座溫泉，皮膚就會變得光滑，全身疲勞也能就此紓解，可以舒服入眠。只要走進前面的岔路，再往山上的方向走一段路便可抵達。那裡有座民宅，向屋裡的人詢問後，對方便會告訴你們詳細的地點。

我們向女子答謝後，便開始找尋那座溫泉。似乎連和泉蠟庵也沒聽過這個地方有這麼一座溫泉。如果此事屬實，那就太走運了。因為我們發現了一座都城的人們都不知道的溫泉。

但天底下沒這麼好的事。我們照女子的話轉進岔路，走了一段路之後，突然浮雲蔽日，天色驟暗。一副風雨欲來之勢，這時揚起一陣風，吹動周遭的草木。

驀地，草叢裡冒出一個像黑熊般的巨大身影。那傢伙擋在我們面前，手中握著一把刀鋒有缺口的大刀。不過事實上，這名彪形大漢就算手上沒拿武器，光靠空手也有辦法宰了我們。他滿臉鬍髭，看不出臉上的表情。頂著蓬頭亂髮，身上衣服血跡斑斑。

我與和泉蠟庵一樣，都不是以臂力見長的人。像這種時候該怎麼做，我們事前早已說好。

「我們會把值錢的東西留下。」

「請饒我們一命……」

我們將行李卸下，開始向對方討饒。手持大刀的大漢從劉海縫隙間瞪視著我們，一動也不動。我們雙膝跪地，合掌懇求。我甚至因極度驚恐而簌簌發抖。這時，從一旁的草叢裡冒出另一個人影。是一名少年。和泉蠟庵放聲大叫。

「危險！」

少年手中握著一把像木槌的武器，朝我頭上揮落。我來不及閃躲，在一陣強烈的衝擊下，就此陷入黑暗中。

二

指縫間覺得好癢。

「喂！你不要緊吧！喂！」

有人拍打我的臉，我就此醒來，發現自己躺在一處昏暗的場所。一名男子窺望著我的臉。他旁邊有名女子，神色擔憂地望著我。兩人皆全身泥濘，似乎已有好幾天沒洗過澡。兩人都是生面孔。

地面濡濕。我想起身，但頓感頭痛欲裂。我緊按疼痛的頭部，沉聲低吟。鮮血已在髮絲間凝結成塊。

「這裡是哪裡？」

我如此詢問時，再度感覺指縫發癢。仔細一看，一個像白色米粒般的東西在我指縫間爬行。是蛆。我嚇了一跳，連忙將蛆甩落。

這裡是一處像豎坑般的場所。裡頭彌漫著熏人惡臭。地面到處都是積水，上頭漂浮著腐朽的樹枝和落葉。牆壁是濕答答的泥巴。頭頂高處是豎坑的入口，覆滿灰雲的天空，只看得見圓圓一小塊。洞口外緣隱隱看得見樹叢。看來，這裡是位於某處的深坑底部。

「你也是被他們帶來這裡的。他們用繩子把你從上面吊下來，和我們一樣。」

女子說。

「他們？」

「山賊一家人。」

坑底約八張榻榻米大。以深度來看，不太像是由人工徒手挖掘而成。可能是因為某個緣故，山中自然形成這樣一個坑洞。山賊們便拿它做為地牢。我找尋可以爬上去的踏腳處，或是手能勾住的地方。但牆壁垂直平坦，而且無比濕滑，連可供抓握的樹根也遍尋不著。

「只有我被帶來這裡嗎？另外一個人沒被帶來嗎？」

我向他們兩人詢問。坑底只有我和這對年輕男女，一共三人。不見和泉蠟庵的蹤影。

「沒錯。只有你一個人。」

男子應道。這麼說來，我昏厥後，和泉蠟庵他怎麼了？他成功逃走了嗎？還是當場被斬殺、屍體被棄置路旁？

天色愈來愈暗。眼看太陽就快下山了。豎坑底部無比悶熱，惡臭熏天。充當茅坑的角落一隅，飄散著屎尿的氣味。我正想大喊救命時，被另外兩人制止。

「別叫了。根本沒人會來救你，這樣只會惹惱那班人。」

年輕男子名叫余市。他長相精悍，雖然身材清瘦，但四肢肌肉結實。

「如果是要求救的話，得等他們的女兒獨自看家時才行。」

女子道。

「他們的女兒？」

「是的。山賊有個女兒。白天時，大多是她獨自一個人看家。」

年輕女子名叫阿藤。從她滿是泥濘的衣服中，露出鮮豔的紅色。是她衣帶的顏色。據說是余市送她的禮物，以象徵兩人成婚的證明。兩人才剛結為夫妻，為了留下紀念外出旅行，卻被那名手持大刀，長得像黑熊般的大漢襲擊，後來被蒙眼帶來這裡。

這時，從洞口上方傳來開門聲以及穿上草屐的聲音。我們三人屏息仰望頭頂。從我們的所在處無法窺見洞口周邊是何種景致。無從得知是位在山中，還是原野。光憑聲音來判斷的話，建築物似乎就在一旁。

洞口邊緣出現一道人影。一名女子探頭俯視我們。

「你醒啦？」

是個熟悉的聲音。像是用刀子劃出的細長雙眼，正笑咪咪地彎成弓形。她正是那名扭傷腳的女子。和泉蠟庵還分藥膏給她。

「妳是當時的那名女子！」

女子依舊是笑咪咪的表情，從上方丟下一個焦褐色的東西。

「這個拿去吃吧。」

余市和阿藤一臉不悅地瞪視著女子，伸手撿起滾落地上的東西。那看起來像樹皮，但其實好像是某種肉乾。

女子正準備離開時，我急忙叫住她。

「喂！等一等！是妳騙了我們嗎？」

難道她是騙我們前方有溫泉，好讓我與和泉蠟庵自投羅網，來到她同伴埋伏之處？

「抱歉。枉費你們那麼好心待我。」

女子沒半點反省的樣子，以開玩笑的口吻說道。我很不甘心，氣得咬牙切齒。

「不過，那藥膏真的很有效。為了欺騙旅人，我刻意扭傷腳踝，用石頭敲打，讓腳變得紅腫，但現在完全不痛了。」

「那蠟庵老師呢？和我同行的那名男子現在人呢？」

希望他平安無事。

女子以衣袖掩口，噗哧一笑。

「他現在可能已經沒命了。聽我先生說，他好像丟下你，自己逃命去了。應該是以為你已經死了吧。不過，後來他在崖邊腳下踩空，就此跌落山崖。恐怕是無法活命了。」

說完後，女子從洞口消失。傳來草屐行走的聲音，以及關上木門的聲響。余市與阿藤想安慰我，但我鬆了口氣。沒人可以確認和泉蠟庵已死，這種情況比他被大漢斬殺要好多了。

「來，快吃了它吧。這也是為了活命……」

阿藤將女子丟下的肉乾塞到我手中。我咬了一口。肉香在舌尖上擴散開來。

三

當黎明將近時，豎坑的圓形入口化為朦朧的青紫色，呈現朝霞的顏色，然後逐漸轉亮。每當我看到這一幕，便以撿拾來的樹枝在牆上畫一條線。

豎坑底部是個處處泥水淤積的場所。幾乎連腳踝都陷入泥水中，因此我們終日只能躺在這種潮濕的地方。大量的蛆在地面和牆壁四處爬行，每當入睡後，蛆便想從我耳朵和嘴巴爬進體內。裡頭悶熱無風，只能忍受那揮之不去的臭氣。

余市和阿藤兩人挨著彼此而坐。阿藤輕聲啜泣，余市輕拍她的肩膀，柔聲安慰。聽說兩人被帶往這裡時，豎坑底部沒其他人。不過，這裡除了我們三人外，似乎有許多人曾經被囚禁在這裡的痕跡。把手伸進泥巴裡，手指除了會纏上腐爛的樹葉外，還會連同帶起許多頭髮。這應該是之前被囚禁在這裡的人們所掉落的大量毛髮吧。應該有十人、二十人，甚至更多的人曾被囚禁在這裡。被溫泉的傳聞誘騙到此地，然後被推入可怕的地獄中。不過，先前被囚禁在這裡的人，都到哪兒去了呢？泥巴底下並未發現牙齒或人骨之類的東西。就只有掉落的頭髮。這表示沒人死在這裡、屍體沒在這裡腐爛嗎？

山賊其實是一對夫妻，有兩個孩子。那名長得像黑熊的男人，與長著一對細眼的女人，兩人是夫妻。而把我打傷、令我昏厥的少年，則是他們的兒子。少年長得很像他母親，偶爾會從洞口邊緣偷窺，拿石頭砸我們。當他看到石頭砸中我的頭，我大喊疼痛，他會覺得好笑，拍手叫好。如果只是用石頭砸人倒還好。倘若我們四處閃躲，始終都無法用石頭砸中我們，他就會逐漸感到不耐煩，鼓起腮幫子，改拿來弓箭。從洞口邊探出頭來，把箭搭在弓上，拉滿弦瞄準我們。豎坑底下無處藏身，我們只能東奔西跑，躲避他的攻擊。少年射箭的技巧還不夠純熟，大部分的箭都射向豎坑的壁面上，但要是射中的話，後果不堪涉想。看我們拚了命逃竄，少年似乎更加興奮，就像在追趕我們似的，高興得大吼大叫。如果少年的父親發現他在惡作劇，便會來取走弓箭。但有一次他父親來晚了一步，少年一箭射中我的腳踝。雖不是致命傷，但傷口遲遲無法痊癒，後來逐漸發黑，成為蛆聚集的巢穴。

比起兇殘的哥哥，妹妹可說是沒半點攻擊性。她目前還沒參與山賊的工作，每當家人外出，她似乎都獨自看家。她好像長得比較像父親，而不像母親。不過，這並不表示她長得像黑熊。少女有著一雙渾圓的大眼睛。

山賊夫婦與長男外出時，我在豎洞底下豎耳細聽便可感覺得出來。待他們走遠後，我、余市、阿藤便會大聲叫喚。「有人在嗎？」「救命啊！」「喂！」山賊他們應該也知道我們會大聲叫喊。但他們還是就此外出，不予理會，可能是因為他們確定沒人會聽到我們的叫喚聲吧。這附近荒無人煙，也沒人會路過。這個豎坑就坐落在這種地方。但我們還是忍不住大聲呼救。

「誰來救救我們吧！」就在這時，少女探出頭來。可能是聽見我們的叫聲吧，洞口邊緣冒出一顆小小的頭。

「其實啊，我是不能靠近坑洞旁的。」

少女以可愛的聲音說道。我們努力想說服少女。盤算著是否能讓她帶繩子來，或是找隔壁村的村民前來。但少女搖了搖頭。

「不行啦，這樣我會挨爹娘罵的。」

少女不想背叛她父母。她身上穿的衣服做工講究，遠遠就看得出來。似乎備受呵護。

少女獨自看家時，偶爾會往洞裡窺望，以此為樂。有時她會拔起地上的花草，從洞口邊拋下。淡藍色的花草緩緩旋繞，飄然落向這惡臭瀰漫的地獄。這花瓣，還有葉片，是如此清新，與我們截然不同。彷彿只有周圍散發著光芒的花草能沖去世上一切不潔之物。花草落地後，阿藤拿起它，抱在胸前。她身子蜷縮，雙肩顫動，就此放聲哭泣。

我們為什麼會被監禁在這裡？他們又為何給我們肉乾、讓我們活命？我們也不是完全沒試過要逃離豎坑。少年射進的箭矢，有不少支插進牆上和地面，我們全蒐集起來。余市曾把箭插在壁面上，想以此做為踩踏的階梯。但壁面濕滑，無法支撐他的重量，刺進壁面當階梯的箭矢也就此滑脫。我與阿藤蒐集散落地面的頭髮，做成一面投網。待少女從坑洞邊探頭，就拋出投網，將她抓下來。以少女作人質，和山賊一家人展開交涉。但這招也行不通。因為頭髮做成的投網根本無法順利拋向豎坑上方。

日子就此一天一天過去，我們始終想不出脫困之策。

某天，山賊一家的父親從坑洞邊探出他那長滿鬍鬚的臉。

「喂，我要放你們其中一個人走。因為要分三人份的肉乾給你們實在太浪費。誰想獲救？為了不讓你們告訴別人這裡的地點，我會蒙住獲救者的眼睛，帶他到村莊旁。」

我們面面相覷。這男人的話能信嗎？見我們始終沒有答覆，男子不耐煩地說道：

「快點決定！」

余市與阿藤說了些話，把臉湊向我。

「也許他是為了減少伙食的浪費，打算拉一個人上去殺了。」

「不過，一直待在這裡，同樣沒機會活命。」

「到上面去之後，拔腿跑就行了。然後向人求救。」

「嗯，這主意好。」

「誰要去？」

我先前被少年的弓箭射傷，單腳一直傷痛未癒。發黑的傷口變得像腐爛的水果般，皮肉斑駁脫落。這樣根本無法跑。這項工作交給余市或阿藤去辦，才是明智之舉。這時，男子打斷我們的談話。

「夠了，由我來決定。女人，我放妳走。」

男子說完後，從洞口邊緣拋下一條沾滿泥巴的發黑繩索。繩索的另一端似乎綁在地上的某處。繩索垂落在垂直的壁面上。阿藤以堅強的眼神望向我們。我與余市朝她頷首。

「讓我出去吧。」

阿藤向男子如此說道，以繩索纏住身體。臨行前，阿藤與余市緊緊相擁，哭得眼睛紅腫。男子開始以強壯的雙臂拉起繩子，阿藤的身體輕盈地往上升，旋即消失在洞口上。

不久，傳來一陣吵鬧的聲響，以及男子咆哮聲。可能是阿藤逃離了吧。我與余市靜靜豎耳細聽。但到底情況為何，我們無從得知。過了好長一段時間，我們一直在等待阿藤帶救兵來。

不久，那名長著一對細眼的女子從洞口邊緣露臉。一樣是那嘻皮笑臉的模樣。我大感驚詫。要是阿藤順利逃脫，她會顯得如此從容不迫嗎？女子一如往常，朝洞裡拋下食物。但這天發生之前從未有過的事。先前她都只會給我們又硬又乾癟的肉乾。但今天的肉未經曬乾，是直接切下肉塊燒烤而成。我與余市一陣心神不寧，這天一口都沒吃。那芳香的肉塊，就此爬滿了蛆。

我很介意肉的來源。但偏偏又不能老餓著肚子不吃。我趕走蛆，把肉放進口中，但光是這麼一塊肉，根本填不飽肚子。某天，我發現那名山賊的太太腰間繫著一條紅色腰帶。似乎是由余市送阿藤的腰帶洗淨曬乾而來。我一直安撫余市，說是他看錯了，但隔天我們便明白阿藤已不在人世。

那名少年像平時一樣，從洞口邊緣探頭。他朝我們丟石頭玩樂，但就算被丟中，我們也沒任何反應，這逐漸令他感到不悅。少年發出一聲怪叫，從洞口離開，接著帶來一個奇怪的面具。他把面具套在頭上，以此耍弄我們，尋我們開心。那個面具頭部垂著長髮，就像用黃色皮膚拼湊而成一般。那確實是阿藤的臉。是將阿藤臉上的皮膚剝下，拼湊而成的面具。少年將它戴在頭上，尖聲怪叫，逗弄著我和余市。

四

余市這個男人已不存在於這世上。此刻在我眼前的，感覺就像是個雙眼充血，緊咬著肉不放的生物。他原本精悍的面容已不復見。倘若有人說他是惡鬼，我也相信。我們已不再交談。儘管明白白天時只有少女在家，但我們已懶得呼救。我們背對著背，盡量不看彼此，因為對自己為了活命而吃肉的行為感到羞愧。

那個女人拋下的肉，應該是山豬之類的動物吧……我如此告訴自己，把肉送入口中。但它的味道和我以前吃過的山豬肉截然不同。不過，這不是牛、不是家豬，也不是雞。我暗中告訴自己，不可以再細想下去了。這是山豬肉。為了不讓肉腐壞，山賊一家人特地加以燻製、曬乾。我咀嚼著那個女人拋下的乾硬肉片，這處飄散惡臭的泥淖愈來愈像真正的地獄了。在濕滑的坑洞底端，發出啪嚓啪嚓的濕黏聲響，全身爬滿蛆的我們，咀嚼著肉片。

之前我曾誤闖一座魚臉看起來像人的村莊，當時我對那裡的菜餚一口也不肯吃。但如今我卻嚼著眼前的肉片，把它想作是山豬肉。我在渾然未覺的情況下，被迫跨越了那條禁忌線。之前我們三個人一同困在這裡時，我們一直吃著這些肉，完全不知道它是什麼。也許是因為知道自己一直謹守的原則早已失去，便把一切全豁出去了。

不過，余市的表現實在很異常。他應該也隱約察覺出女人拋下的肉是從何而來。莫非他和我一樣欺騙自己，將肉送入口中？不，就算真是這樣，腦中應該還是會閃過一絲懷疑，而在吃下它前感到猶豫。余市也已拋棄自己人類的身分。事實擺在眼前。他整天不斷發出野獸般的咆哮，抱著頭在地上扭動。還不時朝壁面揮拳，把泥巴塞進口中，淚流滿面，沉聲低吼。夜裡，月光無法照進坑洞底部，但余市眼白的部分卻散發著灼灼精光。

自從阿藤離開後，不知已過了多久。山賊的妻子從洞口邊緣探頭，拋下食物，對我們說道：

「好好享受吧。剩下的肉不多了。」

曬乾的肉片插進參雜了落葉、頭髮、汗水的泥巴裡。吃完後，就只能雙手抱膝，任憑蛆蟲爬滿全身。一開始還會想將牠們揮除，但過沒多久便發現這根本是白費力氣。不管再怎麼捏死牠們，蛆蟲還是會源源不絕湧出，在頭髮間爬行。

這天晚上，從黑暗深處傳來一陣沙沙聲。

「我說……」

是余市的聲音。我嚇了一跳，向他回應道：

「原來你還會說話啊……」

我本以為他已經忘了怎麼說話。

「我一直在思索那個女人說的話。明天可能又會從我們之中帶一個人走。」

「為什麼？」

「她不是說，剩下的肉不多了嗎？所以嘍，肉沒了，就需要有新的肉。也就是你和我其中一人。」

「余市，你在說些什麼啊……」

「你應該也知道才對，我們吃的是阿藤的肉。山賊之所以把我們關在這裡，就是為了吃我們。」

「你早知道那是阿藤……」

黑暗深處傳來一陣沉聲低吼。

「我知道……我知道那是阿藤的肉，但我還是吃了它。我強忍作嘔的衝動，硬將它塞進肚子裡。我得藉由這樣來貯備力氣。我得吃東西，讓自己手腳的力氣不至於衰退。他們好像已經把阿藤的肉吃光了。接下來不是輪到我，就是你。所以我想求你一件事。接下來讓山賊吊我上去好嗎？我吃了我妻子的肉，保留了力氣，目前還能行動自如。等對方拉我上去後，我會先用暗藏的箭矢刺向那名男子的眼睛。然後搶下他的刀，把他們全殺了……」

在月光照不到的惡臭坑洞底部，傳出一陣分不清是啜泣還是野獸低吼的聲音。

三天後，機會到來。

這天我從早上便一直看見幻覺。我看到骰子滾落地面，想伸手撿拾，但手指就是拿不起來。每次我一拿起，骰子旋即變成一團蛆。過了半晌，我這才明白骰子根本不存在。是因為我喜歡賭博，才會不由自主地看到骰子的影像。

呈圓圈狀的天空，開始微微泛紅。到了傍晚時分，傳來陣陣烏啼。遠處傳來開門聲，草屐的腳步聲逐漸接近。滿臉鬍子的男人從洞口邊緣探頭。

「要分那麼多食物給你們太可惜。所以決定放你們一個人走。」

和之前帶走阿藤時一樣，男子又說了一遍同樣的話。我與余市不發一語，暗中互使眼色。

一切都按照事前決定的計畫進行，余市站起身自願。繩索拋下後，他纏住自己身子，我也在一旁幫忙。他一直吃自己妻子的肉維持體力，雖然身材清瘦，卻相當結實。看不出有體力衰退的跡象。繩子緊緊繞住他身體。余市將少年射下的箭矢折成兩半，藏在衣服裡。

傳來像是鳥兒振翅的聲音。那是令人不安的聲音。

男子開始將余市的身體往上拉。余市緩緩從豎坑底端升向晚霞籠罩的天空。豎坑的壁面上黏著無數白點。那些白點頓時全都一起扭動起來，看起來猶如整個壁面在扭動一般。

最後余市的身體終於抵達洞口邊緣。就在那一剎那，夕陽餘暉染紅余市全身，影子落向洞口外緣。余市單腳跨向地面，就此消失在洞口外，看不見其身影。

外頭揚起一陣怒吼。那是如同地鳴般的低吼。我只能在豎坑底下豎耳聆聽。有人跑遠的聲音。木門拉開，有幾個人衝出門外的聲音。女人的慘叫聲。孩子的叫喊聲。地面上一陣混亂。余市是否成功把箭插進男子眼中呢？他是否已鬆開繩索逃脫呢？是否順利搶下大刀，展開復仇呢？我強忍著幾欲熱淚盈眶的衝動。我被弓箭射傷的腳已變成一團化膿的肉塊，幾乎無法行動。這樣根本無法參與戰鬥。就算想幫忙，也只是在一旁扯後腿。但我真的很想親眼看他復仇。

黏滿蛆的垂直壁面上，忽然垂下一條得定睛細看才看得到的細繩。我抓住細繩，拉向自己面前。這是我們用泥巴裡蒐集來的頭髮所編成的細繩。

斜傾的夕陽餘暉無法照向豎坑底部。所以余市在將繩索纏向自己身體時，才能瞞著男子將細繩綁在繩索上。當余市被拉上地面後，男子馬上遭受攻擊，應該沒時間注意到這件事。

拜託，千萬不要卡住啊！我將頭髮做成的細繩往回拉，剛才那條繩索就此從洞口邊緣掉落。余市從身上解開，擱在地上的繩索，在細繩的拉扯下掉落坑底。

洞口外傳來陣陣金鐵交鳴聲。除了哀號與叫喊聲外，還參雜著余市的咆哮聲，一路傳來坑洞底端。看來余市還活著。傳來射箭刺中某處的聲響。

我拉緊垂落豎坑的繩索。繩索上頭似乎纏住某個東西。我雖然單腳不良於行，但手臂仍舊有力。我抓緊繩索，朝地面攀爬。我用健全的另一隻腳抵向濕滑的壁面，找尋可供踩踏的地方。雙手使勁，一步步往上爬。慶幸的是繩索粗大，方便抓握。我以手指牢牢勾住繩索捻繞的部位，逐漸遠離那惡臭彌漫的地獄。

我雙臂發麻，在爬向地面的過程中，多次想要放棄。或是在心裡想，只要我待在下面，等余市殺光他們所有人後，或許會回到洞口邊拉我上去。他也許會跑到鄰村去求救，回到這裡救我。不，不行！我又隱隱覺得，自己現在要是不爬出地面，便再也無法逃離這處地獄。誰能保證余市與山賊一家交戰後，能完好無傷。也許他已沒力氣拉我上去。他要是死了，我就只能在洞底等著被宰來吃。

朝亮光的地方而去。一步步朝晚霞籠罩的天空而去。我的手搆到了洞口邊緣。我手肘架上洞口，撐起上半身。接著腳也跨出洞外，最後終於重回地面。

風吹向我臉頰，說不出的暢快。夕陽無比刺眼。眼前是雜樹林裡的一處平地。一棟小屋就位在雜樹林旁，旁邊有一間倉庫。一旁晾著洗淨的衣物，隨風搖曳。在地上形成長長的影子。

我握在手中的繩索，一端綁向坑洞旁的一株樹木。正要爬出洞外的我，眼前看到的是一支沾血的箭矢。不遠處有一大攤血。是誰受傷了嗎？至少地上沒看到屍體，也沒聽到吵鬧的聲音。在此向晚時分，四周一片悄靜。

我拖著那隻被蛆占據的腳，心想，得趕緊趁這時候逃走才行。不過余市他怎麼了？他成功報仇了嗎？我前往離我最近的倉庫查看。想確認那裡是否有山賊們的屍體。我希望有。但倉庫裡只有大量的衣服、從旅人那裡搶奪來的物品，以及人骨。還有一尊女人的標本。身上穿的衣服相當高尚，但眼珠的部位塞的卻是稻草。他們還用人骨架成座燈和燈籠，外頭貼上一層黃皮，懸掛在各處。上頭所用的黃皮，似乎是人皮所鞣成。放在倉庫裡的鋸子、鐵鎚、斧頭，上面都因沾血而泛黑。想必他們就是在這裡將人肢解、加工，地面有大量鮮血流過的痕跡。目睹這駭人的景象，我全身直打哆嗦。我決定拿起一把地上的斧頭防身。

余市去哪兒了？其他山賊呢？

余市可能逃往雜樹林裡了。如果所有人全部撲向他的話，他應該是無法獨自對付他們。這樣的話，山賊一家人會是追著余市衝進雜樹林裡嗎？

這時，我突然與站在家門口的少女四目交接。是山賊的女兒。

那孩子以畏怯的眼神仰望著我。

余市在雜樹林裡似乎大鬧了一場。那名像黑熊的男子被毀了一眼，腿部也深受重傷，一副筋疲力竭的模樣。若沒有他妻子的攙扶，他連行走都有困難。而那名少年的情況更慘。他被斷去一臂，滿臉是血，踉踉蹌蹌，連滾帶爬地走了回來。不過，就整體情況來看，是山賊一家逮住了余市。他們手中拎著余市的人頭。余市被削去了耳朵和鼻子，看得出他受過一番嚴刑拷問。

我見狀後，氣血直衝腦門。我站在家門前，以斧頭抵向那名少女，朝他們大喊。這山賊一家人看起來沒血沒淚，但看來畢竟還保有家人的情誼。否則，不管我會不會殺了他們的女兒，他們應該都會朝我撲來才對。還是說，與余市搏鬥時元氣大傷，他們已沒力氣和手持斧頭的我交手了呢？他們並不知道我單腳受傷的事，也許他們以為我和余市一樣勇猛善戰。那少女被我用斧頭抵住脖子，開始放聲大哭，看到這一幕，他們終於放下武器。

我對他們說：

「我不會取她性命，你們放心吧。」

每次少女想逃走，我就會厲聲訓斥，要她乖乖聽話。她哭得一把鼻涕一把眼淚。那對山賊夫婦狠狠瞪視著我，雖然百般不願，卻還是照我的話做。少女的哥哥肩膀失血過多，神情恍惚，一動也不動。我決定把他們關進豎坑裡。我命男子先用繩子將他的妻兒送進坑洞底下。最後他自己抓緊繩索，順著壁面爬下，但來到半途他因力氣耗盡而跌落。最後我用斧頭切斷繩索。這麼一來，他們便無法逃出豎坑。我往坑底窺望，他們三人從漆黑的底部仰望我。

「喂！村子在哪裡？我會把你們的事告訴村民！由村民們決定要怎樣處置你們！」

少年可能是失血過多，整個人跪坐在地上。那名一對細眼猶如用刀劃出的女人，以及毀了單眼的男人，就只是瞪視著我，一聲不吭。我放棄追問，決定自己找尋村莊。

「妳打算怎麼做？要和我一起走嗎？」

我問那名少女，但她就只是哭，不願回答。我覺得這名少女還有可能重返正常人的世界。但就在那三人進入坑底，我鬆了口氣，就此放下斧頭的瞬間，少女從我手中掙脫，往前衝去。

「喂！等一下！」

我因為單腳不良於行，無法追向前去。少女似乎寧願和家人在一起，也不願和我同行，從洞口邊一躍而下。在夕陽的霞光下，我望著少女的衣服下襬就此被吸入地獄中。

天空愈來愈暗。我從水井汲水沖洗全身後，發現在地上擴散開來的清水中漂浮著成群的蛆。任憑我再怎麼清洗，沾染全身的惡臭仍舊無法消除。我在屋內搜尋，找到和泉蠟庵分給那個女人的膏藥，塗抹在我的腳傷處。我記得這藥是萬靈膏，對長膿的部位也頗具療效。

屋裡有二十多個用人的臉皮拼湊成的面具。眼睛的部分是兩個黑洞，看了教人毛骨悚然。當中有之前少年戴在頭上玩的面具，那是阿藤的臉。我將余市的頭顱擺在它旁邊，雙手合十膜拜。

離開山賊的住處後，我拖著傷腳而行，最後終於發現因人們常行走而被踩得堅實的道路。走了整整一天，終於發現了村莊。我對村民說明事情的經過，請人通報官府後，就此昏睡數日。

我夢見山賊一家爬出那個坑洞，一路追殺我。我尖叫著從夢中醒來，這才發現自己不知何時躺在被窩裡，腳上還纏著繃帶。我坐起身，拭去額頭的冷汗。

「耳彥……！」

也許是聽見我的尖叫，拉門忽然開啟，出現一張熟悉的臉孔。是和泉蠟庵。他端坐在我的棉被旁。我熱淚盈眶，就只是一個勁地嗚咽，久久無法言語。他果然還活著。被山賊襲擊時，他成功逃脫了。還是說，我此時仍在夢裡？

「耳彥……」

和泉蠟庵叫喚我的名字，緊緊抱住我。這種觸感並非虛幻。是真的。我感到無比安心，再度昏厥。

後續的事，都是聽人描述而得知。

後來有官差和村民根據我的描述，前往找尋山賊的住處。不久終於發現他們的藏匿地點。在目睹人骨、標本，以及用剝下的皮膚做成的器具後，他們這才得知山賊在那裡做了些什麼勾當。

他們一直躊躇不前，不敢朝地面上那個坑洞裡窺望。後來一名膽壯的年輕人，皺著眉頭，強忍那一路向地面飄散而來的惡臭，戰戰兢兢地往洞底瞧。看完之後，年輕人驚聲尖叫。

我離開那裡已過了好幾天。押著少女當人質時，這山賊一家似乎還存有一份家人的親情，但最後這份親情似乎也完全被飢餓所粉碎。據說在那爬滿蛆的泥濘中，那一家人一起吃了自己的親人，以此延命。雖然不清楚究竟是誰吃了誰，但據說村民們並未將勉強活下來的人拉出洞外，而是蓋上蓋子，倉皇逃了回來。

不可以撿梳子

一

某天，我的朋友雇了一名扛行李的隨從，出外旅行。四處旅遊泡湯，將經歷寫成書出版，是我這位朋友的工作。平時都是我與他同行，但因為我在上次的旅行中吃足了苦頭，所以從那之後一直都窩在家中，足不出戶。因為這樣，我那位朋友只好另外雇用別人。

前不久，這位朋友從旅途歸來，來到仍舊意志消沉的我面前。但他模樣有異，顯得神情抑鬱。

「怎麼了？」

經我詢問後，他以僵硬的表情回答道：

「也沒什麼啦，就只是在旅途中發生一些不可解的怪事。」

「跟老師一起旅行，怎麼可能沒發生不可解的怪事呢。」

我向來都稱呼這位朋友為老師。

「或許吧……」

「那麼，到底是發生什麼事？」

「他死了。」

「誰啊？」

「我雇來扛行李的隨從……而且死法離奇……」

這位朋友語畢，用手指梳弄他那頭容易被誤會是女人的長髮。

他雇用的男子是名膚色白淨、身材清瘦的青年。我這位朋友之前在一家熟識的書店詢問是否有人願意和他一同旅行時，老闆帶來這名青年。據說青年充滿幹勁。而且他似乎從很早以前便看過我這位朋友的書，兩人相談甚歡。

「我也很希望日後能和老師一樣寫書。」

在旅行時，青年捧著行李，邊走邊這樣說道。

「哦，寫什麼樣的書？」

「我想寫網羅各種恐怖故事的書。」

「你喜歡恐怖故事嗎？」

「喜歡。我已故的母親常說恐怖故事給我聽，我永遠也忘不了。小時候每當天黑後我還不想睡，母親看不下去，便會對我說『可怕的東西會來找你哦』。我反問她『什麼是可怕的東西？』母親便告訴我鬼魂和妖怪的故事。她其實是想讓我怕黑，好早點睡覺。母親常講恐怖故事給我聽，我很愛她。但前不久，她因感染風寒而過世，她的屍體很美。啊，對了，老師，我們來說百物語吧？您知道百物語吧？」

「知道啊。人們依序講怪談，然後逐一熄去座燈燈芯上的火，對吧？」

「聽說講完第一百個故事，熄去所有燈火時，就會有鬼魂出現。等我們抵達宿場町，在那裡找到旅店後，就來試試看吧。」

「可是，我們只有兩個人。這表示我們得各說五十個故事。而且我知道的怪談也不到五十個。」

「自己編故事也行。講您從旅途上認識的人那裡聽來的恐怖古老傳說，也沒關係。」

「要講一百個故事，那不就得講到天亮？這樣會影響旅行。」

「那就不要一次講一百個故事，改為在旅途中講完一百個故事，您覺得如何？」

「那倒是無妨，況且也沒有座燈。要準備一百根燈芯可不容易啊。」

為了加深彼此的交流，我這位朋友接受了青年的提議。之後每天晚上，兩人輪流說自己所知道的怪談。在旅店投宿時，鋪好兩人的棉被後，便開始講鬼魂和妖怪的故事。一個晚上輪流說完五個左右的故事後，便就寢睡覺。

那名青年確實知道很多怪談。都是我那位朋友以前從沒聽過、令人頭皮發麻的故事。當中可能有青年自己編造的故事，肯定也有小時候他母親告訴他的故事。至於我那位朋友則不知道那麼多怪談。不過，他從旅店老闆和在茶屋認識的老人那裡，聽過許多令人毛骨悚然的故事，全都記在他的日記本裡。入夜後，輪到他講故事時，他就會拿出來講，讓青年聽得膽戰心驚。

不久，兩人終於抵達溫泉目的地。那裡風光明媚、氣候宜人。山坡到處靄氣蒸騰，朝天空冉冉而升。四周瀰漫著硫磺味，還有人用竹籃裝著用溫泉水煮好的雞蛋叫賣。

他們在溫泉旅館遇見那位老婦人。老婦人為了舒緩腰痛而前來泡湯療養。他們常在溫泉旅館的走廊上擦身而過，就此變得熟稔，而開始交談。

「聽說那位老婦人在溫泉旅館遺失了一把心愛的髮梳。」

青年在露天溫泉裡泡湯時，提起此事。聽說是傍晚時分，我那位朋友出外散步時，青年百無聊賴，便與老婦人喝茶聊天。當時聽她提起髮梳的事。

「聽說是她母親也用過的一把心愛的髮梳。老婦人說，一定是掉落在旅館內的某處。」

我那位朋友頭髮像女人一樣長，整個在水面上擴散開來。如果頭髮會影響到別人，他會先梳成髮髻後再泡湯，但當時只有他與青年兩人，所以他沒留意頭髮的事。

「你要是發現掉地上的髮梳，不可以馬上撿起來哦。」

我那位朋友對青年說。

「咦，為什麼？」

「髮梳這個稱呼源自於『奇』字。因為它是頭上的裝飾品，所以人們認為主人的靈魂會棲宿其中。髮梳自古便被做為咒術用的道具。而且髮梳音同『苦死』[10]。據說要是撿拾掉落的髮梳，就如同是撿拾了苦和死。以前的人髮梳不借人，也不向人借。」

「可是，那遺失髮梳時怎麼辦？如果不能撿的話，那不就滿地髮梳了。」

「如果沒辦法，非撿不可的話，要先踩過之後再撿。」

「哦……原來髮梳有『苦死』的意思啊……」

青年如此喃喃低語，凝望著雇主漂浮在水面上的長髮。

二

他們在那趟旅行中造訪了幾座溫泉旅館。和泉蠟庵打算逐一確認這些溫泉旅館的素質好壞，好在日後寫進旅遊書中。對於煩惱該住哪家旅館好的人們來說，這樣的記載頗有助益。

他們在第一家旅館住了兩晚，第二家旅館也住了兩晚，正準備前往第三家旅館時，那名青年在旅館門口說道：

「老師，從今天晚上起，請讓我單獨睡一間房。」

「可是，這樣得付兩個房間的住宿費。」

「可以從我的工資裡扣除。我再也無法忍受待在老師您身旁。」

「無法忍受？為什麼？」

我這位朋友實在想不出原因。但他發現青年從不久前開始便舉止有異。一早醒來，青年便沉著一張臉，用餐時也都少言寡語。儘管兩人待在同一間房，青年也都坐得遠遠的，絕不與他目光交會。和青年說話時，他便皺著眉頭瞪向我那位朋友，有時甚至還會暗啐一聲。就寢前也不再說百物語了。我這位朋友還很認真地蒐集恐怖故事，但還沒來得及說，青年便已背對著他入睡。

「原因就在於你的掉髮！」

真是出人意表的回答。

「我、我一直深受你的掉髮所困擾。所以我再也受不了和你共處一室了！」

我那位朋友按著長髮，困惑不解。他沒想到自己掉髮的情形有嚴重到令青年如此憤

10. 譯註：髮梳日文漢字為「櫛（くし）」，音同「奇し（くし）」，原意為神秘、不可思議。日文讀音與「苦死」同。

怒的程度。不，話說回來，青年無法忍受他的掉髮，這到底是怎麼回事？

「你難道不知道嗎？你的掉髮都飛到我這邊來，教人受不了！」

我那位朋友開始聽青年抱怨掉髮對他的騷擾。例如青年回客房時，覺得好像有什麼東西黏在腳掌上，一看之下發現是黑色長髮。青年的頭髮沒那麼長，所以他一看就知道是雇主的長髮。起初他不以為意，但後來益發覺得不舒服。掉髮似乎是隨風吹來，不知不覺間，黏滿了青年所蓋的棉被。泡湯時，長髮漂浮在水面，纏向青年的肌膚。就連沖澡時也是，他明明避開掉髮，用水桶在澡池裡汲水，但沖完澡後，不知為何，耳朵、肩膀都沾滿長髮，垂掛在他身上。這種情形接二連三發生，他似乎再也無法忍受。

「但我這還是第一次聽人這麼說呢。我掉髮的情況有那麼嚴重嗎……你說的頭髮，真的是我的嗎？」

我那位朋友握住自己的頭髮，向青年詢問。他不願承認自己會嚴重掉髮。

「當然是啊。如果不是你的頭髮，又會是誰的？喏，你看這個。你掉的頭髮像這樣飛過來，掛在我身上。」

不知何時，有一根頭髮纏住青年的手指。青年一臉不悅地將它甩開。那細長的頭髮，不像男人的頭髮，反而比較像女人的頭髮。但這裡不應該有女人的頭髮。兩人睡覺時，總是關緊房門。兩個大男人共處一室，怎麼可能會有女人的掉髮呢。會是在泡男湯時，女人的頭髮漂在水面上嗎？與其這麼想，倒不如想作是我這留著一頭長髮的朋友所掉的頭髮還比較合乎邏輯。

「這、這樣啊……我明白了，那也沒辦法。」

青年緊咬著嘴唇，狠狠瞪視著我那位朋友。再這樣一起同住下去，也許會被青年拿刀刺殺。我那位朋友答應他的請求，在第三間旅館吩咐老闆安排兩個房間。

我那位朋友被帶往單人房，將行李卸向榻榻米上後，他伸展雙腳休息了一會兒。接著吃晚餐，泡溫泉，順便從剛認識的老人那裡打聽恐怖故事。不知不覺間，我這位朋友也開始覺得，記錄各地流傳的奇妙故事和傳說，也是件很有趣的事。類似的故事會隨著場所不同而有微妙差異。他很認真地思考是否能在旅遊書中對此做一番介紹。

睡了一晚，天亮後，他一面散步，一面審查溫泉旅館的住宿品質。夾帶硫磺味的徐風吹向溫泉地。溫泉的水氣從山腳冉冉而升，消散於空中。此時適逢綠意盎然的時節。當他回到旅館，享用客房裡備好的早餐時，拉門緩緩開啟，那名青年從門外走進。

「老師！」

青年大叫道。霎時間，我那位朋友心想，該不會是我的掉髮遠遠地吹向他房間，他怒不可抑，要來殺我吧？不過青年的神情古怪，面如白蠟。

「那頭髮……那頭髮到底是……」

青年跪在榻榻米上，已不是先前那瞪人的兇狠眼神。

「也許那不是老師您的頭髮……」

「發生什麼事了嗎？」

「老師，昨天晚上我為了不讓您的頭髮吹進房裡，我對紙門和拉門的縫隙牢牢地貼上封條，然後才就寢。」

「你也太會瞎操心了吧……」

「這是為了謹慎起見。我向旅館老闆要來紙門的貼紙，從房內用飯粒黏上。」

青年一副驚魂未定的神情，說明昨晚到剛才發生的事。在旅館裡住單人房的他，將紙門和拉門的縫隙都貼密後，心想，這麼一來，雇主的掉髮就不會來礙事了吧，就此以愉快的心情鑽入被窩。

「可是，我早上醒來一看……」

青年在不舒服的觸感下醒來。他從棉被裡抽出手，正準備揉眼時，發現指縫間纏滿了黑色長髮。他尖叫一聲，掀開棉被一看，棉被裡滿是凌亂的長髮。

「我原本還懷疑是老師所為，以為是您半夜潛入房內，將頭髮撒在我四周。但封條完全沒有剝落的痕跡。倘若真有人潛入房裡，那封條應該會剝落才對。因為是貼在房內，所以也不可能是離開房門後又重新貼上。如果沒人進出房間的話，那這個頭髮就不是老師您的。」

「太好了！那我就沒掉髮嘍！」

我這位朋友得知自己沒掉髮，比得知自己洗刷冤屈還要高興。

「我還很擔心自己日後會成為光頭達摩呢。」

「現在不是說這種事的時候吧！如果那些頭髮不是老師您的，那到底是從哪兒來的呢？」

從被窩裡醒來後，青年繼續被頭髮糾纏著。想換衣服時，長髮不知不覺黏滿了衣服。仔細一看，榻榻米的縫隙處就像長雜草似的，布滿了頭髮。就算一把扯下，丟往房外，一樣只是白費力氣。明明已經將房裡的頭髮全部收在一起丟了，但定睛細看後發現，不知什麼時候又掉了幾根。明明已經徹底打掃過，但又不知道從哪裡冒了出來。

「今天早上我吃早餐時，才一不注意，頭髮就纏住了筷子。不管再怎麼把頭髮甩向一旁，它一樣很快又跑回來。就像待在女人房間裡似的。宛如房裡有個女人，一直黏著我不放……對了，老師的房間不會冒出頭髮來嗎？」

「一點都不會。不過，這很像你最愛的怪談呢。」

「這一點都不好笑！我、我雖然喜歡恐怖故事，但我可不想要遭遇恐怖的經歷啊！」

青年滿臉怒容說道。

「看來只有我被纏上。不知從哪兒飛來頭髮，緊纏著我不放。」

「你可有什麼線索？是從什麼時候開始這樣的？」

我那位朋友如此詢問，青年猛然一驚。

「難道是……」

「你想到了什麼對吧？」

「不……」

我那位朋友極力安撫青年，建議他一起去泡個溫泉，化解兩人原先的誤會。

「我明白了。那我去準備一下。」

青年站起身，走出房外。我那位朋友吁了口氣，望向剛才青年坐的位置。榻榻米上有掉髮。他戰戰兢兢地拿起頭髮仔細檢查。和他的頭髮長得很像，但有個明顯不同的特徵。我這位朋友的頭髮烏黑亮麗，美得連女人都會忍不住回頭多看一眼。但掉落在榻榻米上的頭髮，卻像死人的頭髮般，黯淡無光。

青年泡在溫泉裡，一樣深受頭髮所苦，他看手指間纏繞著頭髮，覺得很噁心，忙著將它們取下，棄置一旁。傍晚時彌漫水氣的溫泉地，籠罩在昏黃的夕陽餘暉下。我那位朋友帶著情緒低落的青年外出散步，在一家知名的丸子店內打發時間。望著一名孩童和野狗嬉戲，青年的心情似乎好轉許多，開始說起久違的恐怖故事。就在這時……

「啊……」

青年緊按著臉。

「怎麼了？」

我那位朋友伸手搭在青年肩上，感到擔心。

「不，好像是灰塵跑進眼睛裡了……」

青年開始揉起眼睛。在一旁遊玩的孩童拋出手中的木棒，野狗邊吠邊往木棒奔去。在昏黃夕陽的另一側，形成一道長長的黑影。

「喂，你那是……」

我那位朋友發現從青年眼眶邊冒出一條黑線。

「你別動。」

他捏住黑線，用力一拉，從青年的眼球與眼窩間的空隙處拉出一條又細又長的頭髮。這麼長的頭髮竟然能跑進眼睛裡，朋友大為驚嘆。那根從眼眶裡冒出的黑髮，在夕陽的照耀下，於青年的臉頰上形成一條黑影。已完全拔出的頭髮，略為濡濕，直直地垂落。青年驚恐地望著它，接著站起身走到店門旁，將剛才吃進肚裡的東西嘔個精光。

三

「我撿到一把老舊的髮梳。」

待回到旅館，在我那位朋友的房間休息時，青年才談起此事。旅館的女傭替他們準備好了晚餐，但青年沒半點食慾。昏暗的戶外傳來陣陣蟲鳴。

「髮梳？」

「是的。在前一個旅館，不是有位老婦人一直嚷著說她的髮梳遺失了嗎？」

「哦，你說過這件事。」

「當時我走在走廊上，發現那把掉落的髮梳。它呈半圓形，外型很老舊，但上頭的裝飾很美。」

「可是之前你完全沒提過這件事啊。」

「我撿起來一看，上頭的梳齒纏滿頭髮。」

「你沒先踩一腳，就撿起來嗎？」

髮梳音同「苦死」。

撿拾掉落的髮梳，就如同撿拾苦與死。

以前的人在撿拾髮梳時，會先踩一腳後再撿起。

「因為髮梳上頭的裝飾很漂亮，所以我忍不住據為己有，才會一直忍著沒說。」

我那位朋友驚訝得說不出話來。

「老師，那些頭髮和我偷來的髮梳一定有關聯。這是在責怪我嗎？」

似乎起風了，面向緣廊的紙門微微顫動，發出聲響。

我那位朋友暗自思索著該如何處理。明天得回老婦人住的那家旅館，向她說明原委，並歸還髮梳。要是她還住在那裡就好了……

青年搖搖晃晃地站起身，拉開紙門走出房外。我那位朋友猜他是要去上茅房，所以也沒叫住他。但等了許久，始終不見他返回。難道是回自己房間去了？雖然化解了誤會，但兩人還是分住兩間房。

咔啦、咔啦，傳來紙門的顫動聲，他豎起耳朵細聽。

不久，走廊感覺有人在奔跑的動靜。

「客官，請您別這樣！」

傳來女傭的聲音。

我那位朋友站起身，朝聲音的方向走去。

溫泉旅館的庭院有東西在燃燒。有人正在那裡生火，焚燒集中的落葉。在豔紅的火光照耀下，青年佇立一旁，流露出茫然的陶醉眼神。青年將那半圓形的髮梳投進火焰中。一把老舊的髮梳。梳齒上纏滿了黑髮。黑髮在火焰的熏炙下冒出白煙，就此卷曲蜷縮。髮梳表面發黑，火舌逐漸往它身上舔舐。

旅館老闆和女傭怕火會燒向建築，急忙用水桶汲水趕來。但他們發現青年那怪異的模樣後，頓時不敢動彈。青年眼中映照著火焰，嘴角泛起冷笑。

「老師，我喜歡恐怖故事。每次我不睡覺，我已故的母親看不下去，就會在我耳邊說恐怖故事。她臉緊貼在我耳畔，呼氣時癢極了。啊！我日後要是能蒐集眾多恐怖故事，集結成書就好了。我母親最疼愛我了。為了讓我安心，她總是在枕邊輕拍我胸口。母親的長髮垂落，不時會掠過我鼻端。」

青年燒完火後，坐在緣廊上，望著幽暗的前方說道。

他挨了旅館老闆一頓罵，隔天早上便會被趕出這裡。

從房裡取來的座燈，以微弱的燈光照亮四周。

緣廊外宛如貼上黑布般幽暗。

飛蟻飛來，在兩人身邊盤旋後，復又回到黑暗中。

「老師，這個故事，請您一定要說給別人聽。」

「這個故事？」

「頭髮糾纏我的故事。這會是很出色的怪談吧？」

「嗯，確實是怪談。」

青年嘴角輕揚，站起身，回到自己房間。

我那位朋友也回到自己房間，熄去座燈的燈火。

髮梳已完全化為焦炭，無法歸還老婦人，但這麼一來，青年應該就能高枕無憂。倘若從明天起能過得安穩，那就好了。我那位朋友如此思忖，就此入睡。

翌晨，我那位朋友醒來後，馬上著手整理行囊。昨天就說好了，今天旅館不提供早餐，直接請他們走人。青年是否已經醒了呢？要是太晚走，那肯定會吃不了兜著走，他決定去青年的房間查看。

來到青年的房門前，他朝緊閉的紙門內叫喚。

「喂——」

沒有回應。他叫了幾次，結果全都一樣。打開紙門一看，映入眼中的是鼓起的棉被。青年以棉被蒙住臉，還沒睡醒。

「喂，該起床了吧。」

我這位朋友走向前掀起棉被。他是個很冷靜的男人，但是在這種情況下，他也不禁因震驚而無法動彈。那名青年在被窩裡兩眼翻白，雙手抬至脖子一帶，一副痛苦掙扎的模樣。他早已斷氣，全身僵硬。長髮從他唇際垂落。不光只有一、兩根。而是無數長髮從口裡往外湧出。青年口中塞滿大量長髮。一路從舌根處往外纏繞，纏向他的齒縫。我這位朋友急忙找旅館的人來，在大批圍觀者面前拉出青年口中的長髮，結果綿綿不絕地從他體內拉出大量頭髮來。

四

「……就是這麼回事。」

我這位朋友說完後，輕撫著頭髮。我定睛望向榻榻米上。仔細找的話或許找得到，但目前沒看到他掉髮。

「後來怎樣呢？」

「還能怎樣。我又不能帶屍體回來，只好在那座市町將他埋葬。原本我一直在想該怎樣向他親人解釋。不過就結果來說，他早就已經沒有親人了。」

我盤起雙臂。

「老師，真有這麼一回事嗎？」

「你懷疑是我捏造的？」

「你該不會是為了嚇我，而刻意編造這個怪談吧？」

「在之前那趟旅程中，我確實是四處蒐集恐怖故事，但這是千真萬確的事。你只要去調查一下就會明白。到那座溫泉地問那家旅館老闆，他一定還記得。因為他看到屍體後，嚇得臉色發白。話說回來，我嚇你有什麼好處？這樣未免太低俗了。」

「這樣是很低俗，不過看別人那害怕的模樣也挺有趣的。而且精采的恐怖故事，會藉由人們的口耳相傳，而一直流傳下去。自己編造的故事若能這樣流傳，也很有意思。你很期待我到酒館向眾人宣傳這個故事吧？」

「就算你沒宣傳，那處溫泉地的人也會互相流傳。到那裡泡湯的人，應該會把那名青年遭頭髮殺害的故事帶回來才對。」

「如果這是真的，那實在太遺憾了，終於出人命了。話說回來，之前我和老師你一起旅行時，都沒鬧出人命，還真是不可思議呢。」

我和這位朋友一起旅行時，多次陷入九死一生的險境。此刻我在家裡療養，也是因為這個緣故。

「對了，這次你沒迷路嗎？」

老師是個嚴重的路痴。能順利抵達目的地的情況少之又少。他一定會在某個地方走錯路，前往意想不到的地方。有一次本以為是在山路上迷路，沒想到竟然來到無人島，更有一次撥開草叢，竟然走進別人屋裡的土間。對了，有一次因為迷路而隨意亂走時，竟然只花了半天的時間，便走完十天的路程。

「當然有，回程時迷路了。」

「請不要講得這麼理直氣壯。你應該反省一下吧。」

「真把我折騰死了。一天之內好幾次走錯路。改天再告訴你這件事。不過，自己一個人迷路還真是落寞啊。旅行果然還是需要有伴同行。迷路時，看隨從那慌亂的模樣，會讓人感到莫名鎮靜。」

「請你也設身處地站在同行者的立場想一想好不好？」

「說到剛才那個頭髮的故事……其實還有後續發展。我把青年下葬後，前往先前那第一家溫泉旅館，找那位老婦人。」

「那把髮梳原本的主人是嗎？找到了嗎？」

「找到了。但很古怪。我們兩人雞同鴨講。我本想就髮梳的事向她道歉，但她卻不懂我在說些什麼。」

「和老人雞同鴨講是常有的事。人上了年紀就是這樣。」

「不，不對。那位老婦人根本就沒有什麼髮梳。和她一起來泡湯的孫女也這麼說。對了，之前我漏提了，那位老婦人有位孫女與她同行。她的孫女也不知道髮梳的事。」

我這位朋友撫摸著下巴，陷入沉思。

我想起他剛才說的話。對了，那名老婦人遺失髮梳，為此發愁的事，我朋友並未親眼目睹。是他與那名同行的青年一起泡露天溫泉時，從青年口中聽聞。

「這到底是怎麼回事？」

「我猜想，老婦人找尋髮梳的事，是青年自己編造的。」

「咦？」

「他在說謊。他先來這麼一段前戲，好跟他遭頭髮襲擊的故事串連在一起。」

「那麼，那把燒毀的髮梳又是怎麼回事？你不是親眼看他燒了那把半圓形的老舊髮梳嗎……」

「那不是老婦人的髮梳。一定是他自己的。肯定是在出門旅行時，事先放在他的行李中。和從他母親屍體上扯下的大量頭髮放在一起。對了，那些頭髮好像是他母親的。我調查過這件事。聽說那傢伙在母親死後，從屍體頭上扯下頭髮。這是他鄰居們說的，有人親眼目睹。所以他在出發旅行前，才會在行李中塞滿頭髮。房裡散落一地的頭髮，也是他自己撒的。他先把頭髮藏在手中，一會兒塞進自己眼裡，一會兒讓它漂浮在溫泉上。所以我懷疑他是自殺。是自己把他母親的頭髮塞進嘴裡。為什麼他要這麼做？我也不知道。不，隱約猜得出來。不，我還是搞不懂。就當作不知道吧。日後有一天，他的死被當作精采的怪談廣為流傳，那應該就是他所期望的吧。」

我這位朋友如此說道，從懷中取出一本略嫌骯髒的日記本。他旅行時總是隨身攜帶。

「我想，這或許能供你打發時間。」

他擱下日記本，就此起身離去。那長髮披肩的背影猶如女子。像馬尾般綁成一束的長髮，左右擺盪。

他離開後，我翻閱起那本日記本，上頭寫滿他在旅途中聽聞的恐怖故事。雖然不到一百篇，但已累積不少數量。採記錄式的簡潔文章，更加營造出冰冷的氣氛。

看了一會兒後，我發現頁面間夾著一根長髮。不帶半點光澤，就像從屍體頭上拔下的頭髮。看了教人心底發毛，於是我以手指捏起它，想往外丟。就在這時，一陣風吹來，頭髮的一端就此揚起，猶如一尾昂首吐信的蛇。像黑線般的頭髮，彷彿有生命似的，緊黏在我手背上。那既癢又可怕的觸感，令我急著想將它甩開，但偏偏它緊黏著不放。就像女人一樣。一個搖著頭，百般不願，緊纏著我不放的女人。那根頭髮做出要爬向我手臂，朝我臉部而來的動作。在它鑽進我衣袖前，我的另一隻手已抓住它，將它扯離我的肌膚。這時，它就像死了心一樣，無力地垂落，順著風飛往他處。那到底是什麼？我告訴自己，一定是風的緣故，讓它剛好看起來像是有生命一樣，如此而已。

「來，我們走吧」少年說

一

我在十五歲那年嫁進這戶人家。丈夫是村裡地主的長男，聽說是某次巡視田地時，對我一見鍾情。不同於我們這種佃農，他的住家是只有地主才住得起的大宅院。有不少間以紙門作區隔的房間，大宅院後方甚至有白牆砌成的倉庫。原本與父母同住，只吃得起稗與小米的我，能嫁進這種大戶人家，父母甚是歡喜。

我夫家原本一家六口。有我丈夫，以及他的父母、弟弟、妹妹、臥病在床的祖父。起初他們待我很和善，但過沒多久，我便受到冷落。

我夫家出租田地供佃農耕種，收稻田、小麥，以及其他農作物當田租。他們身分特殊，就算不用工作也不愁沒飯吃。白天時，我的公公、丈夫、小叔都會一起出門，受邀到權貴家作客，與人應酬。因此我常在家與婆婆及小姑相處。自從我嫁入門後，她們便再也不碰家事，只坐在緣廊上閒聊。一見我休息，就對我百般責備。

我公公和小叔對我也很刻薄。常把我做的菜餚丟在一旁，命我把掉地上的飯菜吃下去。不過，有掉地上的飯菜可吃還算慶幸了。我夫家的人在用餐時，我都得忙著餵稀飯給臥病在床的祖父吃。等餵完後，好不容易可以吃點東西，但這時鍋裡大多已空空如也。不得已，我只好搜刮鍋底的殘湯，並將黏在鍋邊的米飯刮下，拌在一起湊合一餐。

我丈夫也早已失去當初的溫柔，動不動就虐待我。總是為了一些芝麻小事生氣，例如把碗擺錯位置，或是衣服收錯地方，最後甚至連我站在一旁他都嫌礙眼，而對我破口大罵。「像妳這種佃農之女，我娶妳進門，妳真該心存感激。」這是我丈夫的口頭禪。如果我敢頂嘴，他便會賞我耳光，打到我兩頰紅腫為止。

他不准我擅自外出，連我父母病倒，也不准我回去探望。後來先是我爹過世，隔年我娘也跟著撒手人寰。當鄰人通知我父母病危時，我要是能馬上趕回家，或許還能見他們最後一面。但我婆婆卻說：「妳要是離開，誰來照顧妳祖父啊？」於是我始終無法踏出家門半步。

替父母弔唁後，我在整理娘家留下的少許家當時，發現一條我娘珍藏的腰帶。那是我娘在特別場合時才會繫上的腰帶，她說過日後要送我。我將腰帶置於掌上輕撫，想起慈祥的父母，不禁潸然淚下。

但我回家後，婆婆看見我小心捧在懷裡的東西，便問：「那是什麼？」一把將它拿走。小姑也走來，望了那條腰帶一眼後說道：「給妳太可惜了。我收下吧！」就此據為己有。我哭著找丈夫商量，結果他突然一拳朝我揮來。我挨了兩、三拳後，被他撞向牆壁。他對我說：「妳什麼東西，也敢跟我娘和妹妹頂嘴。」

無法踏出家門半步的我，沒人可以說話。有名女子是我的兒時玩伴，就住這附近，當初曾隔著樹籬和我交談，但後來我公公和小叔發現，罵我偷懶沒做家事，甚至開始說我朋友壞話，所以我們就此沒再往來。我那位朋友也是佃農家的孩子，她說：「要是我被地主家的人埋怨，那可就吃不了兜著走了。」就此與我疏遠。接下來的日子，都沒人和我交談。在家中沒有立足之地的我，每次只要一有空檔，就會獨自跑到屋後的倉庫喘口氣。

那棟倉庫比我之前見過的任何建築都來得大。之前我和爹娘住的那間小屋，可以整個塞進這棟倉庫裡。牆壁用的是雪白的灰泥，那堅固的模樣，讓人覺得就算宅邸失火，倉庫可能也不會被燒毀。裡頭光線昏暗，衣櫃和木箱上積著厚厚一層灰。以包巾包好的衣服層層堆疊，看起來隨時都會倒塌。我以整理東西的名義進入裡頭，坐在角落發呆。婆婆和小姑幾乎都不會來這裡，所以我能得到片刻心靈的放鬆。

我嫁入夫家已經是第五年了。至今膝下猶虛，所以他們待我無比苛刻。某天我打開倉庫的門鎖，走進倉庫內，感覺到裡頭有人，而且對方似乎受到驚嚇。

「是誰？」

難道有小偷躲在裡頭？我戰戰兢兢地定睛細看，這時，一名少年從衣櫃後面探頭。

「對不起，我這就走。」

少年約莫九、十歲的年紀，臉蛋細長，乍看就像女孩一樣。身上穿的衣服並非破衣，而是上好的棉布。我朝少年走近。

「你在這裡做什麼？」

「我剛好路過這裡，發現這裡有書，就看了起來。」

牆上高處開著一扇窗，從窗外射進的陽光照向少年腳下。用書繩串成的書疊成一疊。當中有幾本敞開著。我不識字，所以不懂上頭寫了些什麼。不過少年說他「路過這裡」，這句話有點奇怪。這裡明明是倉庫裡啊。

「這本書上寫些什麼？」

我拿起擺在最上面的書，加以詢問。

「是旅遊書。裡頭有專為出門遊山玩水的人所寫的旅遊心得。」

「哦，旅遊嗎。」

對足不出戶的我來說，旅遊根本與我無緣。

「那我要走了。擅自闖進這裡，請您見諒。」

「你是從哪兒來的？哪裡有洞嗎？」

這裡只有一處入口。而且大門還上鎖，在我開鎖之前一直都緊閉著。

「我也不清楚。我是從那邊走來的……」

少年一臉困惑地指著倉庫深處。

「我走著走著，就迷路了……我左彎右繞，穿過不少地方，恰巧路過這裡。說來還真是傷腦筋，我都這麼大了，卻還是老迷路。」

「我不太清楚是怎麼回事，不過算了，你想看書的話，隨時都能到這裡來。」能遇見夫家以外的人，我心裡很是開心，所以我如此提議。

「謝謝您！……但問題是我能否再次找到這裡。我會先調查一下路線。」

少年雙目炯炯地說道，就此朝倉庫深處走去。他嬌小的身軀硬往排成整列的衣櫃縫隙裡擠，撥開眾多堆疊的雜物，消失在窗口射進的陽光照不到的暗處前方。好一陣子一直傳出撥開物體的聲音，但一切旋即歸於無聲，再也感覺不到少年的氣息。我撥開堆放的物品，在倉庫內搜尋，但始終遍尋不著少年的身影。我來到倉庫外，繞著倉庫走了一圈，都沒看到可通行的破洞或裂縫。難道他是從窗戶離開？倉庫的窗戶是雙開式的土門，只有特殊情況時才會關閉，平時完全敞開。從那裡確實可以進出，但窗戶設在平坦的牆壁高處，沒用梯子根本上不去。我正側頭納悶時，家中傳來婆婆的叫喚，我雖然很在意少年的事，但還是決定先離開倉庫。

二

之後少年似乎仍不時會潛入倉庫看書。我雖然沒見到他，但倉庫裡留有他造訪過的痕跡。例如書本堆疊的順序變動。地上留有孩童大小的草屐腳印。木箱上的灰塵被擦除，應該是因為他坐在上頭的緣故。少年闖進倉庫的事，沒人目睹過。我丈夫和公婆都沒提過此事，那就表示他們沒人發現這名倉庫的入侵者。我也沒告訴任何人關於少年的事。要是我丈夫他們得知少年的事，一定會對他私闖民宅的事大發雷霆，將他扭送官府。這樣少年就太可憐了。

某天，我在後院打掃，剛好從倉庫旁路過，準備返回廚房時，突然傳來一聲咳嗽。灰泥牆雖然厚實，但聲音還是從敞開的窗戶傳來。那咳嗽聲不同於我夫家的人，我馬上明白此人是誰。

我取來鑰匙，儘可能輕聲解開門鎖，悄悄往內窺望。發現少年正盤腿坐在地上，攤開書本閱讀。

「小兄弟。」

我出聲叫喚後，他這才發現我，站起身。

「啊，是之前那位姐姐。我又跑來了，不好意思……！」

他把書放回原處，正準備邁步朝倉庫裡的暗處走去。

「等一下。請告訴我，你是從哪裡來的？是這裡的村民嗎？」

「應該不是。我住的村子裡沒有這麼氣派的倉庫。我家的倉庫比這個還小一些。」

「看來，你家應該也不小吧。」

我將敞開的大門關好。我丈夫他們雖已外出，但婆婆和小姑還在家中，不能讓她們看見我和少年談話。

「你住的村莊在哪裡？」

「不知道。也許在這裡的北邊吧。」

「你為什麼知道？」

「因為這個季節，我住的村莊比這裡冷多了。但待在這個倉庫裡卻很暖和。一定是我迷路時，不小心往南走了。」

「嗯，原來是這樣啊。你真博學。我從沒離開過這個村莊，也不識字，所以什麼都不懂。連我丈夫也常說我是蠢蛋。」

我感到難為情，這時，少年搖頭說道：

「把別人的學識不足，說得好像什麼壞事似的，妳先生不是好人。」

我聞言後，大為驚詫。

「啊，對不起……」

少年露出歉疚的表情。

「沒關係的。不過，為什麼你會這麼想？」

「因為，妳先生如果是好人，在說這種話之前，應該先教妳讀書識字才對，而不是讓妳對自己的無知感到羞愧。他沒這麼做，卻只是一味地瞧不起妳，所以不算是好人。」

「話雖如此，讀書寫字可不是人人都會呀。」

「咦，大姐姐妳不知道嗎？讀書寫字人人都能辦到的。你們村裡沒有教人識字的老師嗎？」

「寺院裡的和尚好像會教人讀書寫字，但我有許多家事要忙，無法求學。」

「嗯……這樣的話，我來教妳吧？」

我為之躊躇。因為我從沒想過自己也會有識字讀書的一天。書對我而言，就像神祕的箱子。那些以書繩串成的紙張，裡頭暗藏什麼知識，我也一概不知。就算打開書，也只看到上頭密密麻麻的文字，根本不懂它有什麼含義，甚至覺得有點可怕。

「大姐姐，在妳學會看書之前，我會常到這裡來。那些私塾常用的書，剛好這裡都有。」

我腦中突然閃過一個念頭。就算沒能學會讀書識字也無妨，我想多和這名少年聊天。我夫家的人只會對我感到不耐煩，但這名少年和他們不同。和他交談，我渾身感覺到一股暖意。

「我希望你能教我讀書。」

我抱定決心，向他如此說道，少年很滿意地頷首。

我擰好抹布，在走廊上擦拭時，小姑故意來到我面前，炫耀她繫在腰間的腰帶。

「妳看這條腰帶怎樣啊？雖然我不是那麼喜歡啦。」

繫在小姑腰間的，是我母親留下的遺物。但我無法提出抗議。在我丈夫和他家人面前，我總是戒慎恐懼。正當我不知如何回答時，小姑一腳朝蹲在地上擦地的我踢來，擊中我腰間，再次對我說「我在問妳，我戴這條腰帶好不好看」。其他日子，則是我婆婆、公公，或是丈夫這樣待我。唯一能令我心靈放鬆的，就只有請少年教我讀書識字的時刻。

於天明前鑽出被窩，在漆黑中走向倉庫，這已成了我的例行公事。雖然我和丈夫睡同一間房，但可能是他睡得太沉，就算我稍微發出聲音，他也不會醒來。

我在倉庫裡點亮座燈後，衣櫃和木箱全浮現在黑暗中。少年坐在燈火旁教我讀書識字。並用手指沾取從水井汲來的水，在乾木板上寫字。

少年打開一本名為《千字文》的書做為參考書。那本書寫有教導孩子認漢字的詩文，整本書看完後，就能學會一千個漢字。少年自行判斷，從中挑選較常用的漢字，教我這些文字有什麼含義。

在倉庫裡念完書後，我沒回被窩，而是直接著手準備早餐。白天要是有空閒時間，我就會從我用來藏那本《千字文》的抽屜裡拿出書來，複習少年教我的字，不讓自己忘記。我原本認為，我天生就不是會讀書識字的料。但是見少年那開心的表情，我也變得熱中起來。

學會幾個漢字後，少年開始改用《庭訓往來》[11]這本書教我。據說作者是一位和尚，但詳情為何，我不清楚。書中寫有人稱「往來書信」的書信文。

「像這種採書信格式寫成的書，稱作『往來物』。除此之外，像《商賣往來》、《百姓往來》這些書也很有名。這本《庭訓往來》中有二十五封信，裡頭談到賞花的準備、司法制度相關的雜談、該如何預防疾病等各種大小事，全都以書信往返的方式呈現。在閱讀的過程中會學會許多知識。例如這國家是在什麼樣的結構下運作，看過之後

11. 譯註：室町時代的教科書。據說作者是玄惠。為初學者用的書簡範本。以擬漢文體書寫，書中網羅了武士、庶民生活所需的用語。

就會明白。因為能學到許多單字和文例，所以私塾裡也常讀這本書。這個版本特別附上插圖，非常有趣哦。」

少年打開書指給我看。在座燈亮光的照耀下，我望向紙張，發現文字空白處有小小的插圖。似乎是用來呈現文字內容的圖畫，確實很有意思。

我在少年的指導下開始閱讀《庭訓往來》。起初不太習慣。看起來一樣是密密麻麻的文字，看得一頭霧水。但當中夾雜著幾個我曾見過的漢字，我發現那正是我在《千字文》中學過的字。以前我目不識丁，每個字看在眼中都是一個樣，但現在覺得我認識的漢字彷彿會發光一般。就像認識的友人面孔零星出現在紙上。多虧插圖的幫忙，文章變得更容易理解。我一面向少年詢問，一面以生硬的速度依著文字逐一往下看。

「我看得懂……！」

《庭訓往來》一開始寫的是拜年的問候。這篇算是正月時寫信給別人所用的文章。只要明白這點，便會感覺到腦中像是傳來作者向人拜年問候的聲音。接下來的文章，推測應該是新春遊宴的邀約，以及談到在遊宴中舉辦的遊戲。

「我看得懂！我正在看書！」

以前我只看得出書裡密密麻麻的文字，但此刻就像一片煙靄由濃轉淡似的，我發覺自己似乎已能看出書本彼端的景致。

從那天之後，我便從倉庫裡取出《庭訓往來》，趁家事的空檔偷偷翻閱。有看不懂的文章，便等下一次和少年見面時向他請教。一開始雖然是為了要少年陪我聊天才開始看書，但現在我愈來愈能體會閱讀文字的樂趣。

我在家中沒有立足之地，沒人可以說話，也不能自由外出。丈夫當我是無知的女人，瞧不起我，夫家的人也對我很苛刻。然而，書本卻始終溫柔地對待我。

三

當我躲在房間裡念書，只要聽見腳步聲靠近，我便急忙把書本藏好。要是讓家人知道我擅自從倉庫裡拿走書，肯定會招來一頓罵。我在少年的指導下，持續閱讀《庭訓往來》。不過我與少年的交談，並非只限於讀書寫字。在天明前的昏暗倉庫裡，我曾在座燈的朦朧燈火照耀下，詢問少年的來歷。

「我從沒見過我爹娘。我是和外公外婆同住。」

少年語帶躊躇地告訴我此事。

少年的家裡也是地主，家境富裕，但聽說母親在生他時過世。我覺得少年很可憐，想緊緊擁抱他。我渴望有自己的孩子，但始終無法如願，所以才會有這個念頭吧。

「你爹也在你小時候就過世了嗎？」

「不。不知道他現在是生是死。因為沒人知道我爹是誰。」

據說他母親是未婚生子。一般會認為他父親肯定就是村裡的某個男人，但似乎不是這麼單純。

「在我出生前，我娘曾經神隱。」

「神隱？」

「沒錯。也有人說是被天狗擄走。」

「我沒聽過。」

「聽說天狗會把孩童抓走，等過了數月或數年後，再把人放回村裡。孩子被擄走時，會和天狗一起在空中飛翔，被帶往各個地方。那些孩子回來後，清楚知道許多唯有真的去過某個地方才會知道的事。我娘當初神隱時，聽說還只是個小孩。在慶典當天，和朋友一起手牽手到神社去。但就在來到岔路時，我娘的朋友這才發現她不見了。不知何時，我娘從她朋友緊握她的手中消失，取而代之的，她手中緊握之物變成了樹果、石頭，以及鳥的羽毛。」

當時村民全員出動到附近一帶搜尋。由於是慶典當天，有許多人在外頭行走。不管她從消失的地點走往哪個方向，應該都會與人擦身而過才對。但是卻沒人看到她。

少女三年後返家。不知何時，她就這樣坐在紙門緊閉的房間裡，嚶嚶哭泣。沒人看到少女走進房內。

「聽說我娘回來時，說著沒人聽得懂的話。後來她逐漸憶起原本的語言，開始能和眾人交談。但是她神隱的那三年，她完全沒有記憶。隨著她逐漸憶起原本的語言，之前說的那沒人聽得懂的語言則是就此忘卻，連之前的經歷也一併遺忘。我猜她應該沒受到不人道的對待。因為我娘回來時，哭得就像是個被父母遺棄的孩子。」

少女重拾往日生活，起初眾人以為事情就此平靜落幕。但少女的肚子一天比一天大，似乎懷了身孕。周遭人問她孩子的父親是誰，但少女完全沒有頭緒。不久，孩子出世，少女因失血過多而喪命。

「從我還是小嬰兒的時候起，就是外公外婆將我養大的。但我有個很會迷路的毛病。當我還是個小嬰兒時，原本光著身子躺在棉被上，接著卻會陷入棉被的縐摺裡，消失了蹤影，然後突然出現在房間角落，放聲大哭，這種事時常發生。而且那還是發生在我還不會翻身的時期。」

「這樣算是迷路嗎……？」

「我娘曾經神隱，也許我這是遺傳了她的血脈。或者擄走我娘的天狗，也就是我爹。雖然我敢吃青花魚。」

「青花魚？這有什麼關聯嗎？」

「天狗討厭青花魚。所以小孩子走夜路時，只要邊走邊說『我吃過青花魚哦』，就不會神隱。」

「那麼，這表示你不是天狗的孩子嘍？」

「我既沒有紅臉，也沒有長鼻子。我一定是不小心闖入我娘的肚子裡。因為老愛迷路的毛病，而不知不覺間走進我娘的肚子裡。」

少年說的話究竟有幾分真實性，我無從判斷。

「我很感謝你迷路的毛病。要不是你迷路闖進這裡，我將永遠無法學會讀書寫字。一輩子都無法領略書本的內容。話說回來，我作夢也沒想過自己看得懂書。所以我要謝謝你。」

我說完後，少年顯得有點難為情。

「我在村裡沒半個朋友。大家都很怕我，不敢和我說話。所以能到這裡和大姐姐見面，我很開心。」

「總有一天，你一定會交到朋友的。例如和你一起迷路的朋友。」

「會嗎？」

「一定會的。」

黎明時分將至，我們停止交談，少年消失在倉庫深處。

我回到廚房，開始準備早飯。

我與少年的交流，某天突然結束。

一直臥病在床的祖父，似乎在被窩裡發現我時常很早便起身外出。見我外出後遲遲沒返回屋內，他覺得可疑。後來我才知道，他告訴我丈夫這件事，我夫丈馬上便懷疑我紅杏出牆。他和小叔一起查探我的行徑，最後查出我每天早上在天明前，都會走進倉庫裡。

事情發生在某天清晨。正當我藉著座燈的亮光跟少年學習讀書寫字時，倉庫的大門突然打開，我丈夫和小叔衝了進來。我丈夫將驚訝莫名的我揍了一頓，小叔則是抓住想要逃離的少年。他們似乎滿心以為我是光著身子和男人交纏在一起，但這時發現對方竟然還只是個孩子，頓時像洩了氣的氣球。少年遭我小叔毆打，被他從背後架住。少年似乎嘴唇破裂，鮮血滴落。我公公婆婆聽聞騷動趕來，小姑也從房裡走出，將那名被押住的少年團團包圍。丈夫問我：「這傢伙是誰？發生什麼事了？」我始終堅稱自己「只是請他教我讀書寫字」，少年也在一旁附和：「沒錯！」

「小鬼，你一定是想偷東西！」

我丈夫使勁踢了少年肚子一腳。少年弓身倒向倉庫地面，痛苦呻吟。我丈夫又補上好幾腳，使勁踩踏，發出骨頭斷折的聲響，最後少年癱倒在地，無法動彈。我被帶出倉庫外，少年則獨自被留在倉庫裡，鎖上門鎖。

我接受夫家全員的審問。我一再解釋自己只是向少年學習讀書寫字，但仍舊無法取信於他們。我夫家的人一口咬定少年是竊賊，一再說「是妳替他做內應」，不肯聽我解釋。不管我再怎麼說真話，他們也只會說：「胡說！快從實招來！」過沒多久，我公公從房裡拿來一本書，對我說道：「既然妳在學讀書寫字，那妳應該會念這本書。妳讀讀看吧。」我生硬地讀了開頭的部分後，他卻說：「妳應該是原本就會認字，卻一直假裝不識字對吧？」我淚流滿面，跪在地上一直搖頭說：「不是這樣！不是這樣的！」但他們還是不斷從四面八方對我又罵又踹，我腦袋逐漸變得模糊，開始覺得夫家的人說的話才是對的。否則我怎麼會遭受這樣的懲罰。我會受到如此嚴厲的打罵，一定是我做了什麼壞事。我心裡逐漸這麼想。就在這時……

「可惡！讓他給逃了！」

小叔大叫著衝進屋裡。我極力為自己辯解，沒注意到小叔，他剛才似乎離開屋裡，跑到倉庫去查看。據他回報，那名原本躺在地上的少年，不知何時消失了蹤影。

「笨蛋，你可查仔細了？」

「當然啊。我們回屋裡時，倉庫大門明明有上鎖。我們是留那小子一個人在倉庫裡，才離開那裡。入口就只有一個，他應該哪兒也去不了。況且他傷成那樣，也不可能爬上窗戶，從窗口逃離。我看地上的血跡，一路通往倉庫深處。本以為他是躲在衣櫃後面，而前往搜尋，但就是找不到人。點點血跡在衣櫃間一路往前滴，途中從幾個堆疊的物品縫隙間穿過，就此突然平空消失。」

四

關於少年的事，我全部如實以告。一開始我為了保護少年，一直不肯說，但他們對我動粗，打到我不省人事，再也無法承受。我丈夫認定少年就是竊賊，想把他找出來，狠狠教訓一頓。我把少年的身世、很會迷路的毛病，全告訴了他們。還說少年只是湊巧從倉庫裡路過，但這種無法理解的事，我丈夫不相信，他直說我瘋了，不斷嘲笑我。

我夫家的人討論著是否要將我當作竊賊的共犯，扭送官府，但最後怕人說閒話，才就此作罷。不過我也遭受到更勝已往的不人道對待。他們對我說：「妳是竊賊的同夥。反正妳嫁進我們家，也只是為了錢吧？既然這樣，我們就把妳當罪人看待吧。」嚴苛地對待我，讓我覺得之前的處境根本就如同置身天堂。我從早到晚不停工作，明明沒犯錯，卻遭到斥責。拳打腳踢可說是家常便飯，如果我因疼痛而縮在地上，他們便會撂下一句「妳要混到什麼時候啊」，再多賞我一拳。他們不給我木柴用，我沒熱水澡可洗，只能以冷水沖澡。就只有客人來時，才沒受這樣的虐待。當有遠方來的大人物到家裡作客時，我婆婆和小姑會親自端茶。一家人全都和顏悅色地走在走廊上。但客人離去後，便又露出惡鬼的面相，開始折磨我。

入夜後，我被關進位於家中深處的一間小庫房，被迫在連棉被也沒有的地方睡覺。裡頭既沒座燈，也沒窗戶，一片漆黑，伸手不見五指。當我睡不著覺時，便逐一回想少年教我的漢字，在腦中加以排列。不可思議的是，我並沒哭。當我得知那名受傷的少年逃離倉庫時，因為放下心中懸宕的大石，而流下淚來，那是我最後一次哭。從那之後，不管他們再怎麼虐待我，我也沒流一滴眼淚。在遭受暴力對待時，理應會感到疼痛、難過才對，但我卻像是站在離自己數步之遙的地方望著自己似的，感覺一切都無所謂。就算被打掉好幾顆牙、鮮血直流、被小叔和公公剝去身上的衣服，我依舊能平靜地凝望自己。

「當初真不該娶佃農的女兒，家裡臭氣沖天。下次改娶個好人家的千金吧。到時候妳留下來只會礙事，為了我好，乾脆就當妳是感染風寒而死，直接把妳活埋算了。」

我丈夫在我耳邊如此說道，但我卻只覺得那聲音無比遙遠。不過我的心靈還沒死。每當想起倉庫裡的書，我就好想拿在手中閱讀。倉庫的鑰匙被藏了起來，我無法進入倉庫。《庭訓往來》也只看了一半，硬生生被他們拿走。再這樣下去，我好不容易學會的字，恐將就此忘卻，我心裡惶恐萬分。

在清洗東西時，我趁婆婆和小姑不注意，以指頭沾水，在乾的地方上寫字。我想憶起之前學過的漢字。這時，我想起之前與少年的對話。當時我對他說：

「可以不用做寫字練習吧。只要會閱讀就行了。我只要會看書就夠了。我學會寫字，又有什麼用處呢？」

少年回答我：

「這樣不行啊，大姐姐。要是日後妳想寫信給別人時，那不就傷腦筋了嗎？寫字是向人傳達心中的想法。所以一定得學會寫字才行。」

向人傳達心中的想法？

可是我連可以傳達心中想法的人也沒有。

應該向人傳達想法的心靈，正逐漸消失。

儘管如此，當夫家的人沒注意時，我都會以手指練習寫字。

再這樣下去，我肯定會被活活折磨死。但至少我不想忘卻自己已學會的東西。這麼做，我覺得似乎能將少年給我的那份溫柔帶往另一個世界。如果是這樣，死將不再可怕。

我的身子一天比一天衰弱。明明還不到那個年紀，卻已出現白髮。幾乎有一餐沒一餐，餓成皮包骨。在飢餓與暴力帶來的疼痛下，我難以入眠，在黑暗中想著學會的文字，就此緩緩睡著。不，與其說睡著，不如說是昏厥還比較貼切。我沒作夢。事情就發生在這樣的某個晚上。我感覺有人的動靜，就此從夢中醒來。我所在的庫房拉門被人打開。我感覺有人走進，躺著朝眼前的黑暗定睛細看，這時傳來一個聲音。

「大姐姐，原來妳在這兒啊。我找妳好久，你們家可真大。每次轉過走廊，就會迷路，好幾次都跑到遠方去了。」

雖然看不到人，但光憑聲音我便知道是誰來了。我心中五味雜陳，為之語塞，半晌說不出話來。而且久久發不出聲音，舌頭無法動彈。不，這可能是夢。還是說，我終於要離開人世了？

有人抓住我的手腕。是少年的手。

「抱歉，我來晚了。之前受傷未癒，到不了這裡。因為倉庫的大門鎖著。我費了好大一番工夫，才把倉庫裡的物品疊高，翻越窗戶。」

少年拉我坐起。

「來，我們走吧。大姐姐，不管走到哪兒，我都會牽著妳的手，妳只要跟著我走就行了。雖然有點暗，但妳不必怕。我的夜間視力比誰都來得好。」

我站起身，在走廊上發出一陣嘎吱聲，就此讓少年牽著走。我很擔心夫家的人會因為察覺到動靜而起床查看。

來，我們走吧。

聽少年這麼說，我這才發現自己可以選擇逃離這個家。我真傻。為什麼不早點照自己的意思這麼做呢？難道是因為我心裡一直有個依賴的念頭，覺得我得靠這個家養我，才能活下去？還是說，在重重暴力下，我的內心就此屈服，害怕自己不照他們的話做，就會有苦頭吃，所以從來沒這麼想過？

「哎呀，迷路了。」

在走廊上繞過幾處轉角後，透過少年的聲音，我注意到周遭的變化。四周還是一片漆黑，但我明白自己此時已不在屋裡。腳掌似乎踩在凹凸不平的岩石上。濕冷的寒風吹過，傳來像是無數隻老鼠發出的吱吱聲。

「這裡好像是在洞窟裡。這聲音是蝙蝠嗎？」

不知何時，我們已來到外頭。由於腳上沒穿鞋，踩在突尖的石頭上，感到一陣刺痛。這樣還能繼續走下去嗎？正當我如此暗忖時，緊接著腳掌就傳來猶如踩在枯葉上的柔軟觸感。四周一樣昏暗，但看得到頭頂閃爍的星辰。我們已不是在洞窟裡，而是位在森林中。樹林茂密，枝葉為夜空鑲邊。我雖然腦中一片混亂，但我明白是怎麼回事。這應該就是少年常迷路的毛病吧。我已不知自己身在何方，少年自己似乎也不太清楚。但我一點都不會感到不安，反而還覺得很安心。雖然才走沒多久，但我們應該已離那間屋子很遠了，不是他們想追就追得到。

「星空很美吧。」

少年如此說道，我一面哭一面頷首。

在明月和星辰的照亮下，我隱約看出少年的輪廓。

「我們到更安全的地方去吧。這裡一定是在深山裡。也許有熊出沒。」

我們穿過密林，踩踏著枯葉，接著腳掌傳來沙子的觸感。每走一步，沙子便會包覆腳掌，奇癢難當。

「喏，妳看，天空愈來愈亮了。」

耳畔傳來沙沙的嘈雜聲，起初我並未發現那就是浪潮聲。我從沒看過大海，所以也難怪會這樣。我們走在海邊的沙灘上。在幽暗中，我第一次目睹大海，那無邊的遼闊，令我心生畏怯，雙腳發軟。

不久，雲層後方逐漸由暗轉明，旭日從水平線上露臉，耀眼強光照亮我和少年的臉龐。大海、浪潮、沙灘，全都是只有聽聞，不曾親見的事物。如今這一切都在眼前無限延伸。我突然感到不安起來，這世界真的很遼闊，一望無垠。獨自一個人被丟在這種地方，真的有辦法生存嗎？我是否該回到大家，向他們道歉認錯呢？

不，我再也不要回到那個地方。我對自己因不安而畏縮的內心加以喝斥，激勵自己。不會有事的，不管再怎麼苦，也比待在那個家來得強。

我們再次邁步前行，不久，闖進一座市町。那裡到處都有神社寺院，可以看到各式各樣的建築。少年從某處拿來草屐，走起路來頓時輕鬆許多。少年繼續迷路，時而來到火山口附近，時而徘徊在像是某種巨大動物體內的肉壁間。順著道路轉個彎，突然來到一座馬廄，接著走過一座橋後，來到某座城堡的茅廁裡。順著市町外郊的樓梯而上，竟通往工匠剛做好的一只木箱。那天我遍覽了一輩子都看不到的這麼多的風景。感覺就像傳說中被天狗擄走、在天際飛翔、被帶往世界各地的神隱孩童。

然而，我們不可能一直旅行下去，少年突然從我面前消失。

那是我們走在河堤時發生的事。

「啊，糟糕。我再不回去，會挨外公罵的。」

話才剛說完，少年腳下一滑，就此從河堤的斜坡滑落。河堤下是整片芒草。蓬鬆猶如棉花的芒穗，被籠罩在夕陽下。少年叫了一聲「哇！」滾落茂密的芒草中，失去蹤影。我見他這個樣子，不禁笑了起來。待笑完後，四周一片悄靜。我等候少年撥開芒草走出。日本鐘蟋落寞地鳴叫著。遲遲不見少年現身。任憑我再怎麼呼叫，也沒回應。他留下我一個人，不知跑哪兒去了。我走下河堤，四處尋人，但始終感覺不到少年的氣息，只有四周閃著金光的芒草隨風搖曳。

五

我正以《庭訓往來》教孩子讀書寫字時，我先生忙完木工，返回家中。一見到我丈夫歸來，孩子笑容滿面地飛奔向前。

今天的課就上到這兒吧。

我在長屋的廚房裡張羅晚飯。

當我淘米煮飯時，可以聽見丈夫與孩子嬉戲的聲音，我感到無比幸福。

我現在的丈夫生性溫柔，對木匠的工作很樂在其中。他不喝酒，所以攢下的錢都用來買書送我。像我們這種平民百姓，竟買得起書這種昂貴的東西，實在教人難以置信。當初他問我買什麼書好，於是我選了《庭訓往來》。在買書之前，我多次拜託私塾的老師讓我讀這本書，不過，擁有自己的書，這還是第一次。

感覺如同置身夢中。我該不會還待在先前的丈夫家，躺在那間沒有窗戶的庫房裡睡覺吧？難道待會兒拉門會被粗魯地打開，我夫家的人從門外探頭，我將就此從夢中醒來？不過，來到這裡已經十多年了，眼前的幸福不像會就此結束。

我牽著孩子的手出外散步時，一定會在長滿芒草的河堤上小憩片刻。我望著孩子東奔西跑，佇立在多年前那名少年消失的地方。我總覺得，只要在那裡等候，少年便會突然冒出。

當初少年滾落河堤，消失蹤影後，眼見天色漸黑，不知如何是好的我，只好朝民宅燈火的方向走去。我幾乎可說是累倒在路旁，是路過的村民救了我。好多人替我打氣，親切地待我。他們介紹我工作，幫我找地方住，那些照顧過我的人，現在我們仍舊保持聯繫。我佯裝失去記憶，拋卻自己以前的名字，變成全新的我。以前我的遭遇，以及曾經救過我的那名少年，我只告訴過一個人，那就是我現在的丈夫。他在得知我的一切後，成為我的家人。

我聆聽日本鐘蟋的鳴唱，望著眼前的芒草，這時孩子朝我跑來，抱住我的腿，露出歡悅的笑臉。

「娘，我們回去吧。」

孩子如此說道，我這才離開那個地方。

如今我已能流暢地讀書寫字。我看過許多書，可以自由地鑽研我感興趣的事物。我在學習地理的過程中，得知自己現在住的地方，與昔日住處的地理關係。兩地的距離絕非一天就能抵達。既然相隔如此遙遠，我應該不會再和昔日夫家的人有任何瓜葛了。他們之後過著什麼樣的人生，我一點都不感興趣。說不怨他們是騙人的，但我已不想再和他們有任何瓜葛。

隨著年紀漸長，有關少年的回憶也逐漸模糊。當我閱讀群書，具備世間一般的常識後，我反而開始懷疑起過去與他的邂逅是否真有其事。我討厭這樣的自己，於是我每年都不忘寫信給少年。將自己的感謝之情寫成文章。少年說得沒錯，很慶幸我學會文章的寫法。然而，我不知道信該送往哪裡。當初我詢問少年的來歷時，曾問過他所居住的村莊名稱，但始終不知道那到底位在什麼地區。到最後，我所寫的信一直都存放在狹小的長屋裡。而事情就發生在這樣的某日。

在人聲鼎沸、朝氣蓬勃的大路上，有一間租書店。接下來該看哪一本書好呢？正當我如此思索時，當中有一本書映入我眼中。書名為《道中旅鏡》的旅遊書。所謂的旅遊書，是為出外遊山玩水的旅客所寫的旅遊指南。正當我拿起書翻閱時，一名男子向我喚道：

「這位太太，妳要租這本書嗎？」

對方遠比我年輕，有一對渾濁的雙眼，看起來氣色不佳。他滿臉鬍碴，滿嘴酒臭。

「不，我只是隨手看看。」

我正準備將旅遊書放回原處時，男子一臉歉疚地向我行了一禮。

「哎呀，不好意思。我因為太過在意，才不由自主地出聲叫妳。因為這本折疊書的問世，和我也有一點淵源。」

「哦，這話怎麼說？」

「我是替這位作者扛行李的隨從。這本書的作者經常實地前往各處溫泉地，將溫泉的功效、當地特產寫進書裡。至於我嘛，則是陪同他一起旅行。事實上，我們現在也正在旅途中，想說機會難得，特地來看看這地方的租書店是否也有蠟庵老師寫的書。」

我確認作者的姓名。

「和泉蠟庵？」

「那好像是假名，他另有真名。蠟庵老師這個人很難搞，沒人願意陪同他一起旅行。所以他才會找我。」

作家對我來說，就像位在雲端上一樣尊貴。我很羨慕這名男子，可以認識這樣的人。不過，他說作者很難搞，這對旅遊書的作家而言，是很嚴重的批評。

「不過，他這個人人品高潔，這點確實值得尊敬。但蠟庵老師有個老愛迷路的毛病，所以啊……」

我聽男子這麼說，頓時懷疑是自己聽錯了。

他確實提到老愛迷路的毛病。

「老師真是位迷路的天才。明明看著地圖，照上面指示的路線走，但走著走著，卻被困在河川中間的沙洲。明明是走在筆直的道路上，卻不知不覺地回到一開始的地方。在蠟庵老師的帶領下，我誤闖過各種地方。例如每樣東西看起來都像人臉的村莊、可以遇見死者的溫泉地、據說有惡鬼出沒的村莊。那裡的櫻花真美。還有，我還曾經走在火山口附近，也曾走過像是巨大動物體內的柔軟肉壁……這位太太，妳怎麼了？」

也許是別人。其他人可能也有迷路的毛病。雖然我也曾這麼想過，但此時我很確定。我目光移向手中的旅遊書，緊盯著作者的姓名。

「我可以見這位作者一面嗎？」

「咦，為什麼妳想見他……？」

「我寫了一些信要給這位作者，想當面交給他。並不是什麼奇怪的信件。是這樣的，他可能是我多年前的一位老朋友。」

男子為之一愣。

「拜託您了。」

我向他深深一鞠躬。
我心中湧現千言萬語。
我想向人傳達心中的想法，這表示我的心靈尚未枯死。
因為我還活著，所以才會有千言萬語。
我還活著。
「既然這樣，他現在人就在這兒，妳很快就能見到他。因為我和蠟庵老師約好在這裡碰頭。」
男子說完後，走出店外，朝向大路前方。
「啊，說曹操曹操到。老師來了。就是那位留著一頭長髮的人。」
我也走出店外，望向他指的方向。在行人如織的道路前方，有名長髮男子迎面走來。由於距離尚遠，看不清他的長相，但要不是男子這麼說，我可能會把他誤看成女性。他似乎正朝這裡走來。
「蠟庵老師！」
男子揮著手。可能是聽到他的叫喚，蠟庵老師停下腳步，轉頭面向我們，優雅地舉起單手。
陽光朝熙來攘往的人潮傾注。眾人行走在整頓完善的幹道上。當中有即將展開旅行的人、結束旅行返鄉的人，當真是人山人海。

市町的喧囂從我耳畔遠去，唯獨那個人的輪廓顯得無比鮮明。一定是那名少年沒錯。對我說「來，我們走吧」的那名少年。但就在這時，左右兩旁走來的人，開始與他的身影重疊，擦身而過。

「啊……」

我身旁的男子發出一聲驚呼。

那位人稱蠟庵老師的男子消失了蹤影。

宛如一陣輕煙，平空消失。

男子長嘆一聲。

「哎呀，又來了。看來，老師的壞毛病又犯了。現在他可能不是在深山裡，就是在原野中……沒辦法，只好在這裡等一陣子了。再過不久，他應該就會走出迷途，回到這裡。事後再慢慢聽他說，看他這次又去了什麼地方吧。」

我頷首。

持續凝望他消失的方向。

乙一作品集

GOTH 斷掌事件

天才乙一兼具黑色美學與純白情感的名作，
迷人到令人心痛！

只有你聽到 CALLING YOU

每一顆孤獨寂寞的心，
都需要乙一的溫柔救贖！

失蹤HOLIDAY

這不是遊戲，是愛的試煉！你……找得到我嗎？

寂寞的頻率

寂寞，是和自己重新作朋友……
讓天才乙一煩惱到想自殺的故事！

謎人俱樂部

歡迎加入**謎人俱樂部**！為了感謝您對皇冠出版的推理、驚悚小說的支持，我們特別規劃推出讀者回饋活動，您只要按照規定數量蒐集每本書書封後摺口上的印花（影印無效），貼在書內所附的專用兌換回函卡上，並詳填個人資料後寄回，便可免費兌換謎人俱樂部的專屬贈品！詳細辦法請參見【22號密室】官網：www.crown.com.tw/no22/

□集滿4個印花贈品（二款任選其一）：

A：【推理謎】LOGO皮質燙銀典藏書套一個

（黑色，25開本適用，限量1000個）

B：【推理謎】吉祥物『獨角獸』圖案皮質燙金典藏書套一個

（咖啡色，25開本適用，限量1000個）

□集滿8個印花贈品（二款任選其一）：

C：【推理謎】LOGO皮質燙金證件名片夾一個

（紅色，11.5cm x 8.6cm，限量500個）

D：【推理謎】吉祥物『獨角獸』圖案環保購物袋一個

（米色，不織布材質，41.5cm x 38.6cm，限量1000個）

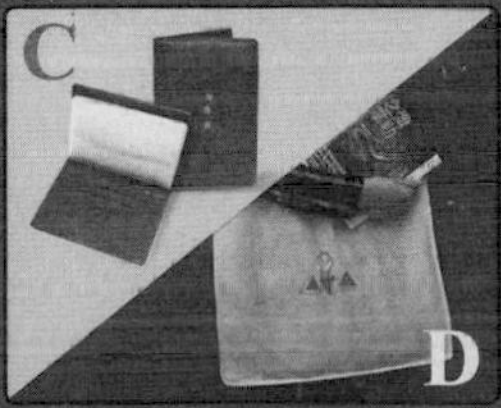

□集滿12個印花贈品（二款任選其一）：

E：【推理謎】LOGO不鏽鋼繩鑰匙圈一個

（限量500個）

F：【推理謎】吉祥物『獨角獸』圖案馬克杯一個

（白色，320cc容量，限量500個）

G：【密室裡的大師特展】限量專屬T-SHIRT

（黑色，限量150件。尺寸分為XXL、XL、L、M、S，各尺寸數量有限，兌換時請註明所需尺寸，如未註明或該尺寸已換完，則由皇冠直接改換其他尺寸，恕不另通知，並不接受更換尺寸）

【注意事項】

◎本活動僅限台灣地區讀者參加。

◎贈品兌換期限自即日起至2015年12月31日止（以郵戳為憑）。

◎贈品圖片僅供參考，所有贈品應以實物為準。

◎所有贈品數量有限，送完為止。如讀者欲兌換的贈品已送完，皇冠文化集團有權直接改換其他贈品，不另徵求同意和通知。贈品存量將定期在【22號密室】官網上公佈，請讀者在兌換前先行查閱或直接致電：（02）27168888分機114、303讀者服務部確認。

◎皇冠文化集團保留修改或取消謎人俱樂部活動辦法的權利。辦法如有更動，將隨時在【22號密室】官網上公佈。

國家圖書館出版品預行編目資料

胚胎奇譚 / 山白朝子著 ; 高詹燦譯. -- 初版. --
臺北市 : 皇冠, 2013. 10[民102].
面; 公分. --(皇冠叢書; 第4346種) (乙一作品集;
5)
譯自 : エムブリヲ奇譚
ISBN 978-957-33-3026-4 (平裝)

861.57　　　　　102018933

皇冠叢書第4346種
乙一作品集 | 5
胚胎奇譚
エムブリヲ奇譚

日文原書裝幀◎名久井直子
書封繪圖◎山本タカト
書封背景圖◎江戸名所図会

作　　者—山白朝子
譯　　者—高詹燦
發 行 人—平雲
出版發行—皇冠文化出版有限公司
台北市敦化北路120巷50號
電話◎02-27168888
郵撥帳號◎15261516號
皇冠出版社(香港)有限公司
香港銅鑼灣道180號百樂商業中心
19字樓1903室
電話◎2529-1778　傳真◎2527-0904
總 編 輯—許婷婷
著作完成日期—2012年
初版一刷日期—2013年10月
初版七刷日期—2021年03月
法律顧問—王惠光律師

讀者服務傳真專線◎02-27150507
電腦編號◎533005
ISBN◎978-957-33-3026-4
Printed in Taiwan
本書定價◎新台幣300元/港幣100元

謎人俱樂部贈品兌換卡

我要選擇以下贈品（須符合印花數量）：□A □B □C □D □E □F □G 尺寸：______

1	2	3	4
5	6	7	8
9	10	11	12

【個人資料蒐集、利用及處理同意條款】

您所填寫的個人資料，依個人資料保護法之規定，皇冠文化集團將對您的個人資料予以保密，並採取必要之安全措施以免資料外洩。您對於您的個人資料可隨時查詢、補充、更正，並得要求將您的個人資料刪除或停止使用。

本人同意皇冠文化集團得使用以下本人之個人資料建立該集團旗下各事業單位之讀者資料庫，做為寄送出版或活動相關資訊、相關廣告，以及與本人連繫之用。本人並同意皇冠文化集團可依據本人之個人資料做成讀者統計資料，在不涉及揭露本人之個人資料下，皇冠文化集團可就該統計資料進行合法地使用以及公布。

□同意　　□不同意

我的基本資料

姓名：______

出生：______年______月______日　　性別：□男 □女

職業：□學生 □軍公教 □工 □商 □服務業

□家管 □自由業 □其他______

地址：□□□□□ ______

電話：（家）______　（公司）______

手機：______

e-mail：______

◎請沿虛線剪開、對摺、裝釘後寄出。

◎請沿虛線剪開、對摺、裝釘後寄出。

我對【乙一作品集】系列的建議：

寄件人：

地址：□□□□□

北區郵政管理局登
記證北台字1648號
免 貼 郵 票

〔限國內讀者使用〕

10547

台北市敦化北路120巷50號

皇冠文化出版有限公司 收